黄裳书影录

周立民 编著

上海文艺出版社

序

周立民兄辛丑岁末送来一厚叠《黄裳书影录》书稿，嘱我为之写几句话，以我与黄裳先生的关系，自然是义不容辞。

对黄裳先生著译书目的整理，据我所见，立民兄这次已经是第三次了。第一次是2006年6月，其时黄先生还健在，华东师范大学中国现代文学资料与研究中心举办"黄裳散文与中国文化"学术研讨会，会上散发了西安吕浩兄编的《黄裳著译书目（1946—2006）》。两年之后，上海书店出版社出版拙编《爱黄裳》（黄永玉、黄宗江等著），书末附录了经过修订的这份著译书目。第二次是2010年5月，为济南凌济兄编印的《黄裳先生著作书目》，编号线装本，只印92册，"恭贺黄裳先生九二华诞"。凌编书目当然比吕编齐全了，还增添了不少版本说明和书影。两年四个月后，黄先生与世长辞。第三次也即今年，2022年立民兄的这部《黄裳书影录》，堪称搜罗更为完备，考订更为详尽的集大成之编了。

立民兄此编书名"黄裳书影录"，顾名思义，无疑是以出版时间为序，分创作、译作和编著整理三类，全面展示黄先生一生辛勤笔耕的众多著译书影，在他生前出版的就达八十八种之多。但又并不局限于此，否则只是一部一般意义上的书影集而已了。难得的是，在此基础上，立民兄又进一步对黄先生每部著译都作了必要的考释，除了开列每书详目之外，还常援引黄先生本人序跋、他人评说，以及自己的阅读感受，对该书的优长或特色略加解说。因此，在我看来，《黄裳书影录》不仅仅是一部黄裳书影录，同时也是一部具有研究性质的简明扼要、别开生面的黄裳著译书话录。

黄先生是有自己独特风格的大散文家。他几乎不写小说，不久前才发现他的一部名为《鸳湖记》的未完成的小说手稿，剧本也是浅尝辄止，有《书影录》中收录的《南国梦》为证。黄先生一生出版的著作中，绝大部分是各种各样的散文集，包括他的那些谈论古籍版本的引人入胜的题跋，又何尝不是别具一格的散文。把他列入20世纪中国屈指可数的散文家之列，他当之无愧。

翻开《黄裳书影录》，第一部书影就是黄先生脍炙人口的《锦帆集》。此书初版本已颇少见。我最初所藏为香港偷印本，开本竟比原版本还大。我踌躇再三，鼓足勇气拿去请黄先生签名。他翻了翻，瞪我一眼：这是港商盗印的！但还是给我签了"黄裳"两字，上款和钤印则一概免了。后来我终于得到了真正的初版本，是已故香港藏书家方宽烈先生的旧物。这次拿去请黄先生签名。他颇为高兴，大笔一挥：

此为余平生著作始刊之书，绝少见。

子善兄得之香港，幸事也。

黄裳　甲申三月

之所以举出这个例子，无非是想说明黄先生的著作尤其是早年著译，不少均已成了新文学的珍品，"黄迷"人见人爱，也人见人抢，搜集极为不易。

黄先生的著译，从版本源流角度视之，其实是比较复杂的，他自己就曾提醒过我。如有名的"珠还系列"，先后有《珠还集》《珠还记幸》和《珠还记幸（修订本）》。《珠还集》1985年5月三联书店香港分店出版，《珠还记幸》也是1985年5月由北京三联书店初版，两书有同更有异，半数以上篇章不同。黄先生1985年9月先赠我《珠还记幸》，隔了一段时间，他又赠我《珠还集》，在《珠还集》前环衬题字曰：

此香港印本，与内地本不同，亦版本异同之一事。
子善兄藏
　　　　　　　　　　　　黄裳　甲申秋盛暑

"甲申"当为"甲子"（即1985年）之笔误。显然，黄先生是要我注意他的集子是有"版本异同"的。同名不同书，在黄先生著作中并不是个案。如《春晚的行旅》有香港版和湖南版，《河里子集》有香港版和天津版，《惊弦集》有湖南版和河北版，均各各不同。不同名又部分同书，这个问题在黄先生后期著作中尤其明显和突出。这一切在立民兄这部书影录中均尽可能给予了关注。至于《珠还记幸（修订本）》，还有三联书店2006年4月初版本和2007年4月第二次印刷本的不同。不同在何处？初版本354页误印一幅不相干的笺图，第二次印刷本抽去了这幅图。这件事大概只有黄先生、责编郑勇兄和我等少数几个人知道。

还有同书不同名，如香港三联书店1981年11月初版《山川·历史·人物》和花城出版社1982年5月初版《花步集》，其实是同一本书，不同书名，内容却完全相同。但"花步集"这个书名应是黄先生自己比较喜欢的，可惜的是，他请沈从文先生题写了书名，花城版却没有用而换上了别人的题签。立民兄的书影录已经指出了这一点，我在这里可提供一个进一步的佐证。黄先生在赠我的《花步集》前环衬亲笔题字：

此书请沈从文先生题签，书店弃之，可惜也。
为子善先生题
黄裳

黄先生的遗憾之情，跃然纸上。

时间过得真快，今年已是黄裳先生逝世十周年。十年前黄先生离去后，我在微博上最早发布噩耗，成千上万"黄迷"和博友转发哀悼的情景还历历在目。我历来认为，纪念一位真正对文学有贡献的作家，最好的办法是重印他的作品和整理关于他的资料。从这个意义讲，立民兄下大功夫编订的这部《黄裳书影录》，正是十分及时和必要。我相信，《黄裳书影录》的问世，必将对黄裳研究有所推动和拓展，对中国现当代文学史研究也应该有所启示。

陈子善
壬寅正月初二于海上梅川书舍

编者说明

1、本书收录黄裳先生著译单行本、多卷本作品集以及编著、整理作品的书影、目次、简要说明，收录书目的时间从 1946 年著者出版的第一本书起，迄 2020 年年底。其中 2012 年著者生前书影，尽可能全部收录；2012 年以后，编者选取有代表性的收入。

2、全书分著作、译作、编著整理三部分，每部分依据初版本出版时间先后排序。

3、本书以每部作品的书名为条目，一书有多个印次，只列一个条目、收录初版本（第一版第一印次）信息，其后各印次本并不尽录；由于条件所限，个别书影如缺初版初印本，会以其他印次本代替，并注明；此外，同一书一般只收录一帧基本书影，不考虑精装、平装或其他特装本等各种版本形式的情况。

一书有多版、增订、重编等情况，会适当考虑后续版本信息；这些后续版本，作为初版本的衍生版本，不另设条目，而是附列于初版本条目中。

重印本书名发生变化，而内容无变化者或变化不大者，后印本不再单列条目；重印本业经重编，变化较大者，即便书名如旧，仍以新条目著录。

4、图书的出版信息等，以版权页标注为依据。因为是"书影录"，封面的装帧设计尤为重要，因此，如原书注明封面设计者的，本书信息中亦会注明。其他，如字数等信息，亦照录原书；如果未标注，本书也同样缺失，不自作统计。

说明文字是编者根据实际拟定，每本书不尽一致，主要是补充前述信息中未曾交代的内容。部分条目，前面基本信息清楚，则不另加说明。

5、每书目次，原书不分辑，则以"/"符作为标题之间分割，连续排列；如原书分辑，则按辑另外起行排列；分辑有辑名或辑序号者，则前列辑名或序号，以冒号分界，后列标题。如：第一辑：评剧家／评剧家之二／京白／叫好／十万春花如梦里……"第一辑"即为该辑序次名称；一辑内存在总题和分题情况，则以括号来界分，括号前为总题名，括号内为个分题名，如：旅京随笔（鸡鸣寺／关于"泽存书库"／访"盋山精舍"／"美人肝"）。

同一文章收入不同作品中存在标题变化的情况，本书不做统一，本书以原书标题为依据著录；标题中有错别字者，则尽量改正。

6、本书的书影和版本信息的搜集，除编者自藏之外，幸得各位师友、公共图书馆以及网络信息的大力支持和帮助，在此谨表深深的谢意。本书书目的整理得益于凌济《黄裳先生著作书目》《黄裳著作书目编年》等既有研究成果，特此致谢；同时，由于年代久远，各书品相并不一致，部分书影还留有各种历史的痕迹和不同时代的印记，为存真尽量原样保留。

7、本书是受上海市作家协会研究室纪念海上大家百年诞辰项目委托而编录的，对此项目的支持，编者在此表示衷心感谢；它的编辑和出版，表达的是大家的共同心愿：对黄裳先生的敬意和追思。

2020 年 12 月 3 日于上海
2021 年 12 月 5 日下午改

目 录

创作

锦帆集 / 002

关于美国兵 / 004

锦帆集外 / 006

旧戏新谈 / 008

一脚踏进朝鲜的泥淖里 / 010

新北京 / 012

和平鸽的翅子展开了 / 014

谈水浒戏及其他 / 016

西厢记与白蛇传 / 018

林冲 / 020

八方集（合著） / 022

山川·历史·人物 / 024

　　附：花步集

榆下说书 / 028

金陵五记 / 030

黄裳论剧杂文 / 032

过去的足迹 / 036

晚春的行旅 / 038

TALES FROM PEKING OPERA

［京剧故事集］ / 040

银鱼集 / 042

珠还集 / 044

珠还记幸 / 046

翠墨集 / 048

黄裳杂文·河里子集（香港版） / 050

负暄录 / 052

惊弦集（湖南版） / 054

笔祸史谈丛 / 056

彩色的花雨 / 058
　　附：纸上蹁跹
当代杂文选粹第三辑·黄裳之卷 / 062
前尘梦影新录 / 064
　　附：前尘梦影新录手稿本
　　　　前尘梦影新录图文排印本
清代版刻一隅 / 072
榆下杂说 / 076
一市秋茶 / 078
河里子集（天津版） / 080
春夜随笔 / 082
音尘集 / 084
黄裳书话 / 086
黄裳散文选集 / 088
妆台杂记 / 090
书之归去来 / 092
书林一枝 / 094
黄裳文集 / 096
黄裳散文 / 104
秦淮拾梦记 / 106
掌上的烟云 / 108

小楼春雨 / 110
来燕榭书跋 / 112
书的故事 / 116
黄裳说南京 / 118
来燕榭读书记 / 120
春回札记 / 124
黄裳自述 / 126
清刻本 / 128
惊弦集（河北版） / 130
来燕榭书札 / 132
黄裳·南京 / 134
白门秋柳 / 136
黄裳序跋 / 138
梦雨斋读书记 / 140
海上乱弹 / 142
珠还记幸（修订本） / 144
来燕榭集外文钞 / 146
插图的故事 / 150
黄裳作品系列（安徽版） / 152
皓首学术随笔·黄裳卷 / 154
好水好山——黄裳自选集 / 156

黄裳自选集 / 158
劫余古艳——来燕榭书跋手迹辑存 / 160
嗲馀集 / 162
惊鸿集 / 164
来燕榭少作五种 / 166
来燕榭文存 / 168
寻找自我 / 170
黄裳作品系列（江苏版）/ 172
门外谈红 / 176
来燕榭文存二编 / 178
故人书简 / 180
南国梦 / 182
绛云书卷美人图——关于柳如是 / 184
古籍稿钞本经眼录：来燕榭书跋题记 / 186
黄裳手稿五种 / 190
来燕榭诗存 / 192
黄裳致李辉信札 / 194
记巴金 / 198
黄裳集 / 200

译作

莫洛博士岛 / 204
数学与你 / 206
一个平凡的故事 / 208
猎人日记 / 210
哥略夫里奥夫家族 / 212

编著、整理

武松 / 216
远山堂明曲品剧品校录 / 218
一箭仇 / 220
玉簪记 / 222
彩楼记 / 224

后记 / 227

创 作

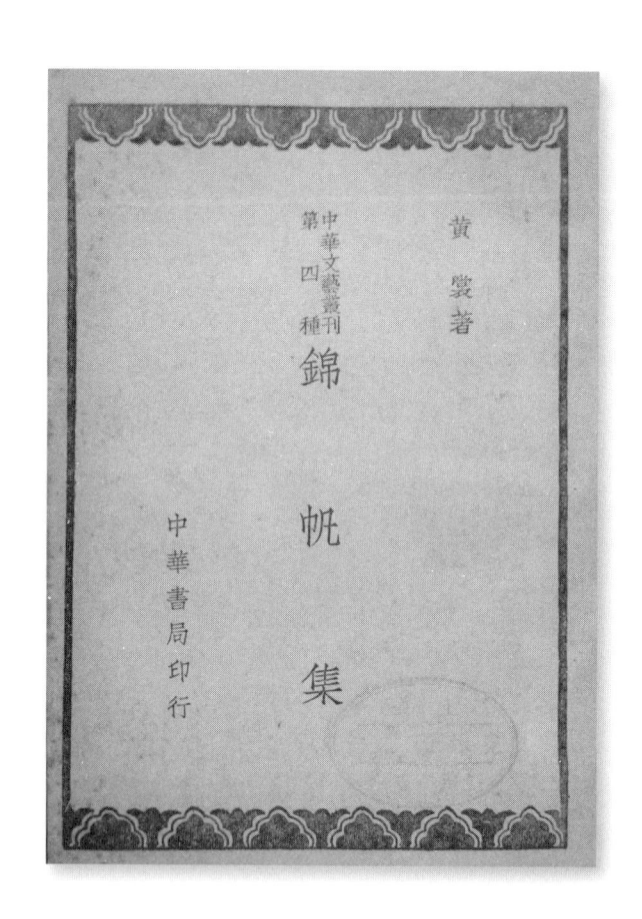

中华书局 1946 年 11 月初版

锦帆集

目次：
断片 / 白门秋柳 / 过徐州 / 宝鸡—广元 / 成都散记 / 音尘 / 江上杂记 /《江湖》后记 / 后记

  书名取自李商隐的诗句"锦帆应是到天涯"，收作者抗战后期所写的散文，乃是作者出版的第一部作品集。本书为中华文艺丛刊第四种，作者在为人题跋中说："巴金先生好意为之编入《丛刊》。印本甚少，颇不经见。然校勘草草，错字满眼。"（《题跋一束》，《掌上的烟云》第201页，华东师范大学出版社1998年12月版）

關於美國兵

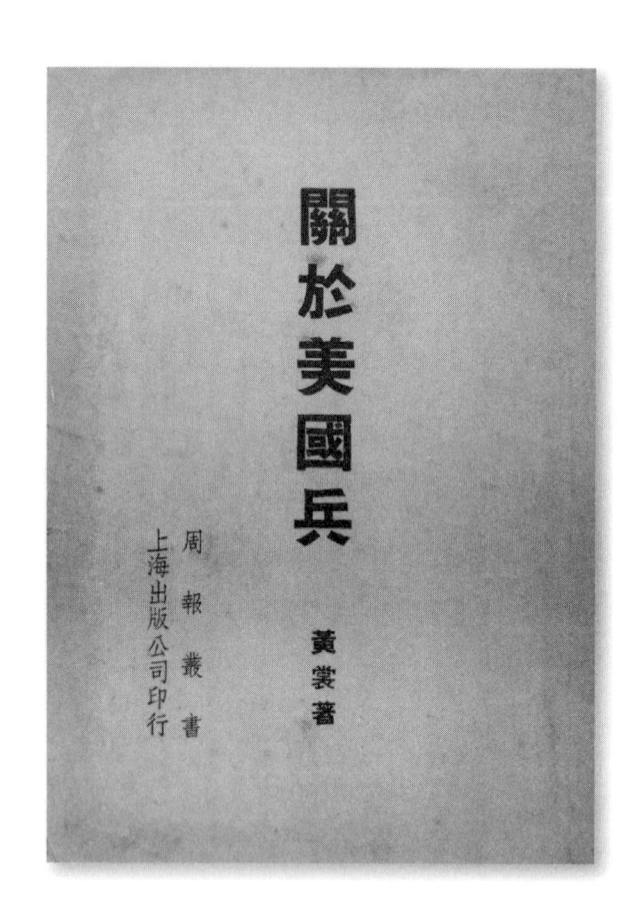

黃裳 著

周報叢書

上海出版公司印行

上海出版公司 1947 年 3 月初版

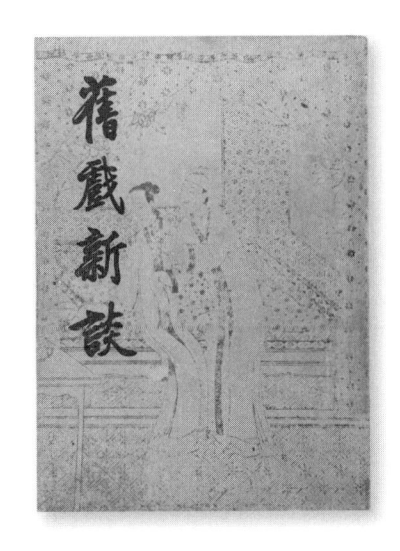

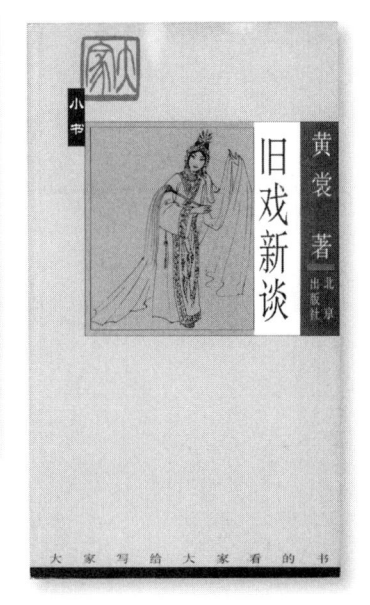

左图　上海开明书店 1948 年 8 月初版

中图　开明出版社 1994 年 8 月版
　　　开明文库第二辑
　　　字数：124 千字；印数：10000 册

右图　北京出版社 2003 年 1 月版
　　　大家小书之一种
　　　字数：114 千字；印数：10000 册

锦帆集外

目次：
I：江上杂记（一/二/残篇/茶馆）/桂林杂记/贵阳杂记（一~五）/昆明杂记（一~五/附记一/附记二）
II：凤/海上书简/跋"卖艺人家"/旅京随笔（鸡鸣寺/关于"泽存书库"/访"盍山精舍"/"美人肝"）
III：关于鲁迅先生的遗书/风尘/李林先生纪念/更谈周作人/老虎桥边看"知堂"
后记

  本书为巴金主编"文学丛刊"第九集中一种。作者在后记中说："这里收集了我近两年间胡乱写下来的文章的一部份。结集的时候在今年夏天，找寻出版的地方颇感到了困难。终于还是交给了PK先生。"PK，即巴金。书中文章大多写于1946-1947年间，写作地点有重庆九龙坡的长江边上、在印度的军中、抗战胜利后的贵阳和昆明，以及国共和谈时期的南京等地。作者在《书之归去来·自叙》中说："唐弢说我爱好旧史、癖于掌故，也是确实的。当我在南京奔驰采访国共和谈的情形下，即使是那么忙乱，也还不能忘情于这座六朝名都，抽闲写下了一卷《金陵杂记》，也是在某一意义上的抒古伤今之作。几乎在同时出版的一册《锦帆集外》中还收入了昆明、贵阳、桂林三记，在在透露了抗战时流转西南的旅人心情，对南明史事的关怀，也是和国家命运息息相关的。这就初步形成了我对游记的看法。"

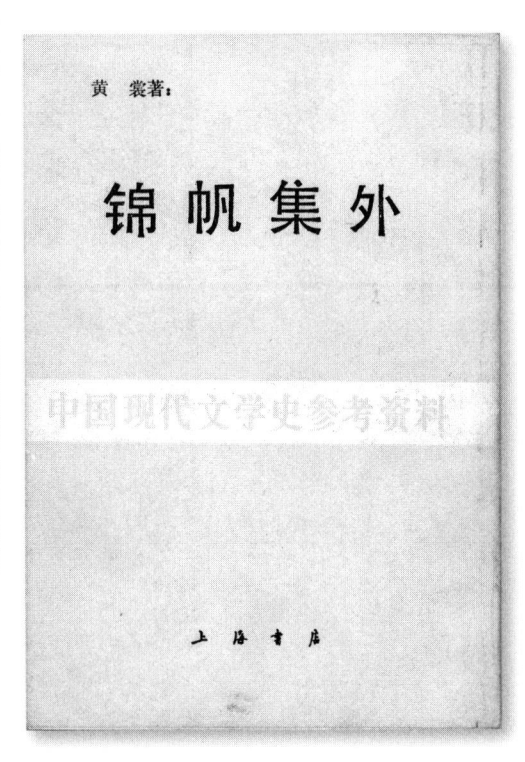

左图　文化生活出版社 1948 年 4 月初版
右图　上海书店 1987 年 10 月影印本

关于美国兵

目次：

叙言 / 他们怎样看中国 / "中国通" / 人种·职业·人性的大集合 / 几个人物 / 中国将军怎样应付美国兵 / 美国兵与女人 / "伟大"的 S.O.S/ 前线景象 / 咖啡与战斗力 / 种种惊异 / 军中文化 / 汽车团 / 为美国兵活着的人们 / 关于"翻译官"

  本书为周报丛书第一辑中的一种，1945年写于印度兰伽，初在《周报》连载。当时作者担任美军的"翻译官"，书中记录的正是他对"美国兵"的印象和感想，以试图"由美国军队去看美国人"。吴晗曾经说："几年前在昆明，从上海的《周报》上，读到黄裳先生关于美国兵的文章，生动的文笔，顿时吸引住了我，从文章里知道作者是翻译官，一个翻译官而写出如此情趣如此风调的文章，想象中此公应该是读书人家的子弟，在大学里读外语系，年纪二十多岁。老实说，在昆明看够了，也听够了翻译官的故事，对之是并不'肃然'，也不肯'起敬'的，一直到了《关于美国兵》之后，才肃然了一下。"（《旧戏新谈·吴序》）作者在《书之归去来·自叙》中说：本书是他思想感情由"朦胧"抒情"变粗"的成果，"所记的是一年中的从军生活。文章写得舒畅，酣恣，是我自己喜欢的作品"。

旧戏新谈

目次：
徐序 / 吴序 / 章序
第一辑：评剧家 / 评剧家之二 / 京白 / 叫好 / 十万春花如梦里 / 关于川剧 / 关于违碍戏 / 水浒戏文与女人
第二辑：法门寺 / 关于刘瑾 / 打渔杀家 / 连环套 / 盗御马 / 小生三类 / 安天会 / 新安天会 / 春闺梦 / 青石山 / 硃痕记 / 四进士 / 美人计 / 回荆州 / 截江夺斗 / 祭江 / 西施 / 战宛城 / 骂殿 / 关于《纺棉花》 / 长坂坡 / 蝴蝶梦 / 金钱豹 / 一扫雪 / 灞桥挑袍 / 空城计 / 洗浮山 · 霸王庄 · 茂州庙 · 拿谢虎
第三辑：打樱桃 / 得意缘 / 雌雄镖 / 小放牛 / 花田错 / 嫁妹 / 戏凤 / 夜奔 / 别姬
第四辑：饯梅兰芳 / 念小翠花 / 捧萧长华 / 怀侯喜瑞 / 谈郝寿臣
第五辑：论马谡 / 论蒋干 / 汤裱褙 / 再谈教师爷 / 诸葛亮与鲁肃 / 大白脸 / 小白脸 / 唐跋 / 后记

  本书为作者1946—1947年为《文汇报》"浮世绘"副刊所写的专栏文章的结集，由叶圣陶经手编辑出版。书中谈旧戏，也"看到了人生，看出了现实"。（《旧戏新谈·徐序》）吴晗在为本书所写的序言中说："作者决不是一个庸俗的旧戏行家，而是对旧形式的艺术具有高度的欣赏和批评能力的。而且，更重要的是，第一，作者对当代史事极熟识，……第四，文章清新流丽，相当熟练。"本书曾多次重印，为作者流传极广的著作之一。作者在《书之归去来·自叙》中说本书"写法更是有意向杂文靠拢，眼睛看着台上，思路却转向人间。笔调更是纵横驰骋，不守规范。有时真能感到一种任情挥洒之乐"。
  书名为马叙伦先生的题签，封面图选自明刻《西厢记》图中《酬简》一幅，出自董康编印的《千秋绝艳图》。序言由徐铸成、吴晗、章靳以三位分别执笔，跋为唐弢所写。

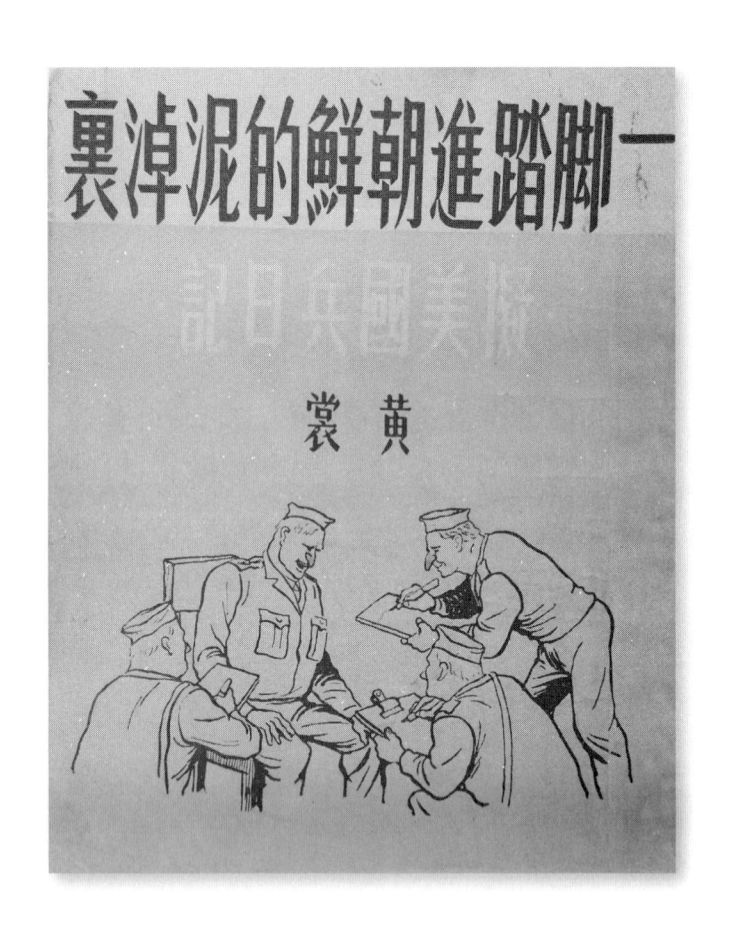

泥土社 1950 年 10 月初版
封面画：西厓；插图：洪荒

一脚踏进朝鲜的泥淖里

本书副题为"拟美国兵日记",以日记体写美国军人参战之苦。作者在1950年10月7日所写本书《后记》中说:"右拟美国兵日记一卷,两月前所作。在文汇报副刊《磁力》上连载。内容取材,时地事实大抵本诸新华社电讯;而穿插小节,则多出诸想象。四五年前,一度有与美国兵接触之机缘,曾往来湘桂滇黔,远适印度,更循中印公路返国。所见不少,记忆犹存。偶读新闻,辄思往事,虽非目见,殆如列眉。"本书曾投稿冯雪峰主编的某丛书遭拒。后友人西厓筹办婚事向作者借钱,作者以此稿付之并言如果能售出此稿,稿费权当贺礼,才有泥土社之版本。作者在晚年认为:"这是一部注定要失败的作品。"(《题跋一束》,《掌上的烟云》第208页)

上海出版公司 1950 年 12 月初版

印数：2000 册

新時代文叢第二輯

和平鴿的翅子展開了

黃裳 作

平明出版社

平明出版社 1951 年 8 月初版
印数：3000 册

新北京

目次：

新北京：知识份子的改造 / 老舍在北京 / 一支文化队伍 / 瞻望新歌剧 / 渔夫恨及其他 / 谈戏 / 温特 / 老虎尾巴 / 三入清华园 / 百顺胡同的郭佩珍 / 京尘琐录

解放后看江南：米之都——无锡 / 丝是怎样缫成的？ / 荣德生和无锡的棉纺业 / 社会科学者眼里的南京 / 司徒夹着皮包走了以后 / 不再做花瓶 / 侯德榜与永利

后记

  为艺文新辑之一种。1949—1950年初作，曾刊于《文汇报》。师陀任上海出版公司编辑时编入所主持的文丛。作者在1950年11月2日所写《后记》中称："一九四九年五月末，大上海解放。三个月以后，我到沪宁线上旅行了半个月，回沪以后写了'解放后看江南'中的一辑报告。再过了两个月，我又经上海出发，经过南昌、赣州、韶关、广州到了香港，又从海路回到青岛，经胶济路津浦路到天津，北京。""在北京住了一个月，写了'新北京'一辑里的十几篇文章。"他还表示，在将近半年的旅行中，"我看到了那么许多动人的事实，精神上受到了述说不出来的感动"。

和平鸽的翅子展开了

目次：

和平鸽的翅子展开了 / 爱你的祖国 / 好榜样 / "跑马书"问题 / 珍视祖国文化遗产 / 梅兰芳先生的控诉 / 萧长华《送子参军》 / 迎盖叫天 / 贺叶盛兰 / 血的纪念 / "教师爷" / 绝代丑角 / 这也是生活 / 四个主题 / 胆大心细搞好戏改 / 评模与评薪 / 戏曲评介工作者的任务 / 零感 / 最现实的大课 / 编导问题 / 不许有空白 / 《千夫所指》 / 向老艺人致敬 / 敬老大会 / 戏改一例 / 关于包龙图 / 雷峰塔问题 / 中国舞的整理 / 光辉的演出 / 展开戏曲研究工作 / 关于历史剧 / 争取做"响档" / 放噱问题 / 新书戏 / 要求更严肃 / 不能忍受 / 太不真实了 / 被歪曲的周大 / 不倒翁 / "青衣行酒"及其他 / 后记

潘际坰、黄裳编新时代文丛第二辑之一种。1950年10月，《文汇报》改版，第四版增设《文娱杂谈》栏目，本书所收千字短文都是为该栏所写。迄1951年6月近九个月，基本上每周写五期，成书时他对这些文章做了精选，删除部分明显失去时效之文。他在本书后记中说："希望在这里还保留了一点这个时代的面影……"中华人民共和国成立初期的抗美援朝、镇压反革命、戏曲改革，直到批判《武训传》等一系列政治运动和文艺改造，在本书中都有所反映。

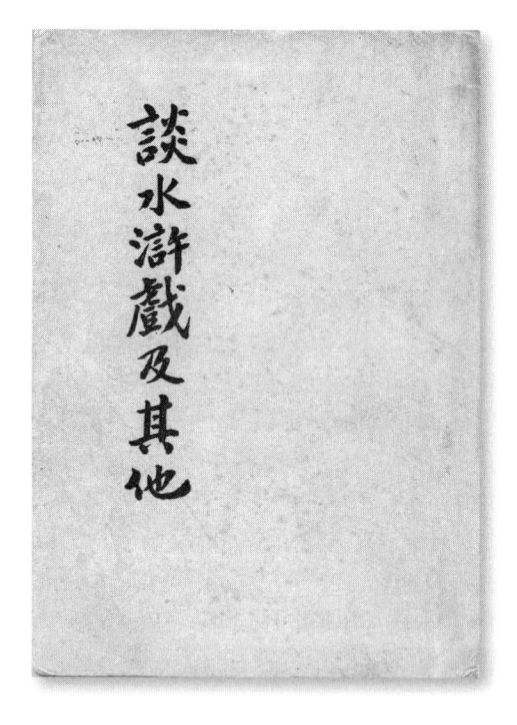

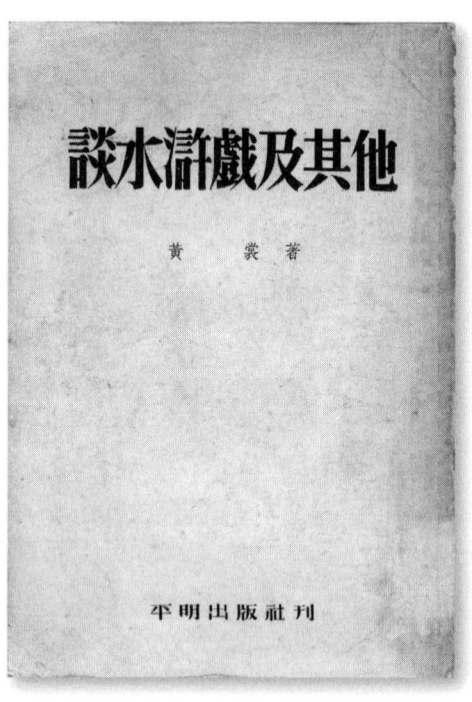

左图　开明书店 1952 年 7 月初版
　　　印数：4000 册

右图　平明出版社 1953 年 5 月新一版
　　　字数：69 千字；印数：7000 册

谈水浒戏及其他

目次：
上辑：楔子 / 怎样看《水浒》故事 / 怎样处理水浒戏 / 论宋江 /《坐楼》/ 从《女吊》谈到《活捉》/《打渔杀家》
下辑：谈《打出手》/《四郎探母》/《双铃记》/《贩马记》/ 技巧的成熟 / 论精炼 / 漫谈布景 / 杂技的地位

　　收作者1949年冬至1950年夏所写有关戏曲的杂文，作者期望通过对水浒戏的讨论，对戏剧改革中"反历史主义"的倾向进行批评。平明版增加了《关于武松》和《改版后记》。

平明出版社 1953 年 7 月初版

字数：142 千字；印数：16500 册

西厢记与白蛇传

目次：

谈《西厢记》/《西厢》在部队里旅行/关于《白蛇传》/《梁祝》杂记/公案剧杂谈/三改随笔六篇（鲁迅先生对戏曲的一些意见/金锁记/打鼓骂曹/宝莲灯/精简一下/谈"程式化"）/梅兰芳的舞台艺术/应该有这样一部传记/民族戏曲艺术的伟大展览/附录：跋祁彪佳《曲品》残稿/后记

收作者1951—1952年间所写戏曲杂文（其中《公案剧杂谈》一篇取自《旧戏新谈》）。该书内容介绍中说："这是作者一部新的戏曲论文集，主要论及我国古典文学戏曲遗产中间三部重要的作品，《西厢记》《白蛇传》《梁山伯与祝英台》。"平明1954年1月再版时，删去附录《跋祁彪佳〈曲品〉残稿》。

中国电影出版社 1957 年 9 月初版

印数：4120 册

林冲

　　本书为作者根据《水浒》中的几个回目改编的电影文学剧本，此系作者1950年代初在中央电影局上海戏剧创新所担任编剧时的工作成果之一。该书内容说明中说："林冲是我国广大群众所熟悉和喜爱的英雄人物，作者从林冲误入白虎堂起直到陆虞侯火烧草料场，林冲手刃仇人，上梁山为止，细腻地描写了这一农民革命英雄的形象。"

　　1958年江南电影制片厂根据此本拍摄黑白电影《林冲》，由吴永刚、舒适导演。当年9月，中国电影出版社根据该片还出版电影连环画册《林冲》。

八方集

冯亦代　周汝昌　黄苗子
黄　裳　潘际坰　吴泰昌
吴德铎　峻　骧

人民日报文艺部编
人民日报出版社 1981 年 6 月初版
印数：17300 册

八方集（合著）

目次：
惊弦集： 诸葛的锦囊 / 善本的标准 / 补课 / 看戏随感 / 关于《随想录》的随想 / "蠹鱼"的悲与喜 / 王介甫与金陵 / 读者学 / 观众学 / 书的命运 / 话说乌进孝 / 两种《赵氏孤儿》

大地文丛之一种，该书为冯亦代、周汝昌、黄苗子、黄裳、潘际坰、吴泰昌、吴德铎、峻骧等八人散文随笔合集，其中黄裳一辑名《惊弦集》，收文12篇。

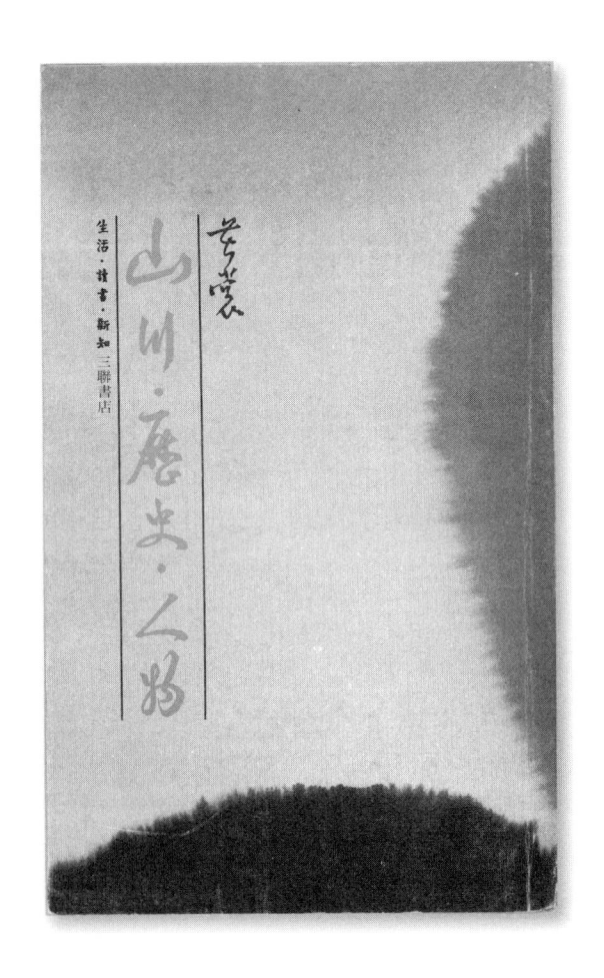

生活·读书·新知三联书店香港分店 1981 年 11 月初版
封面设计：林信

山川·历史·人物

目次：
苏州的杂感：苏州的杂感 / 花步 / 文征明及其他 / 访书 / 东山之美
湖上小记：湖上小记 / 葛岭山居 / 苏曼殊及其他 / 怎样游湖 / 胥涛 / 于谦和张苍水 / 石屋随想 / "一市秋茶说岳王"
白下书简：秦淮拾梦记 / 重过鸡鸣寺 / 天王府的西花园 / 梅园 / 王介甫与金陵 / 莫愁湖 / 石巢园 / 扫叶楼 / 献花岩 / 南唐二陵 / 秦淮旧事 / 金陵杂记 / 采石·当涂·青山
京华十日：前门箭楼的燕子 / 逛琉璃厂 / 夜访"大观园" / 绣春囊是谁的？ / 猫虎同宗 / 访叶圣翁 / 忆赵斐云 / 在三里河 / 故宫
过灌县·上青城 / 闲 / 虞山春 / 富春
后记

  回忆与随想文丛之一种，选文39篇，三篇旧作外，都是作者1979年、1980年两年所作的记游文字。记游文字。作者在后记中说："经过了不平静的岁月，客观世界确实起了很大的变化。面对现实，不能不产生一些感想。把这些零碎的感触随手记录下来，就是这样一些文字。"他还强调再美丽的自然景物也离不开人的活动，"面对湖山，也总是时时记着一些赶也赶不开的历史人物与故事。"这也正是书名的来历吧。

附：

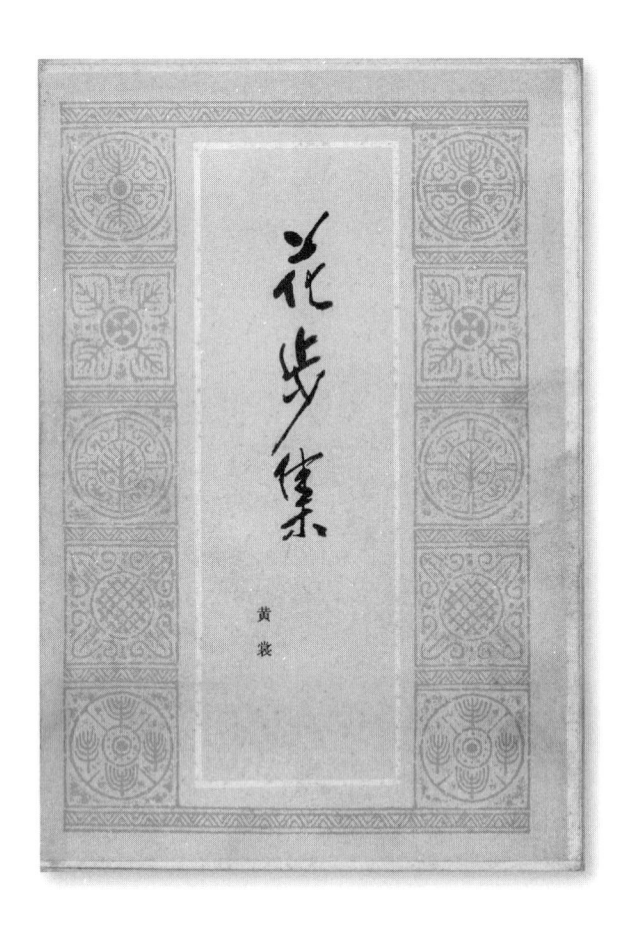

花城出版社 1982 年 5 月初版
字数：160 千字；印数：12500 册。
封面设计：曹辛之；封面题字：苏华

花步集

　　本书是港版《山川·历史·人物》的国内版，两书内容完全相同。原请沈从文题签，出版社未用。"花步"之名，源于苏州留园主人刘容峰所居之所花步里。书前有内容提要，其中说："这部文集最大的特色是作者以饱含着对祖国和人民真挚的感情，并运用其丰富的史地知识和优美文笔，把山川、历史、人物三者自然地糅合在一起，成为一部独具一格的散文。"

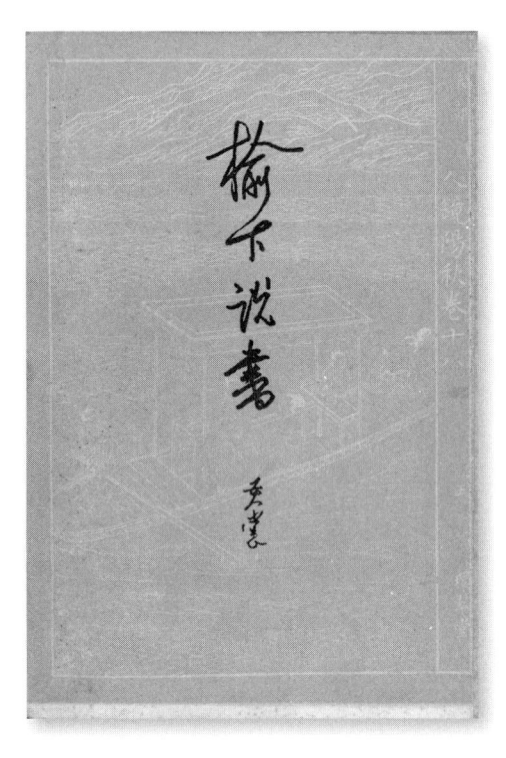

左图　生活·读书·新知三联书店 1982 年
　　　2 月初版
　　　字数：192 千字；印数：16000 册

右图　三联书店 1998 年 5 月二版二印《榆下
　　　说书》，字数：204 千字
　　　封面设计：董学军

榆下说书

目次：

书的故事 / 古书的作伪 / 西泠访书记 / 谈"善本" / 谈"题跋" / 谈"集部" / 谈禁书 / 书痴 / 祭书 / 再谈禁书 /《鸣凤记》/ 残本·复本 / 陈圆圆 / 杨龙友 / 插图 / 晚明的版画 / 关于柳如是

书之归去来 /《金瓶梅词话》的故事 / 萧珊的书 /《先知》/ 江湖 / 阿英的一封信 /《革命者的乡土》/ 日记·日记文学·日记侦察学

春夜随笔 / "新""旧"红学家 / 关于"自叙说" / 论焦大 / 话说乌进孝 / 古槐书屋 / 碧蕖馆 /《版画丛刊》及其他 / 往事回忆 / 陈寅恪 / "寒柳堂"的消息 / 槐聚词人 / 关于《管锥编》的作者 / 绣鞋 / 春灯燕子 / 马瑶草 / 消夏录 / 关于《随想录》的随想 / 涉江词 / 善本的标准 / 诸葛的锦囊 / 怕鬼的故事 / 西太后与现代化 / 慈禧太后吃饭 / 韩信的哲学 / "蠹鱼"的悲与喜 / 关于陈端生二三事 / 放翁诗

后记

　　作者在1980年11月28日所作的《后记》中说本书所收为近两年杂文，关于书名，这样解释："榆，说的是我家后面的一棵参天的老榆树，它的树梢比四层楼还高。到了夏天，就像一把绿色的大阳伞。'说书'，意思是说，这些文字大抵说的是与书有些关连的事情；同时也是说，这只不过是一些漫谈。取书本中一点因由，随意说些感想，和说书艺人的借一点传说敷演成为故事的有些相像。"

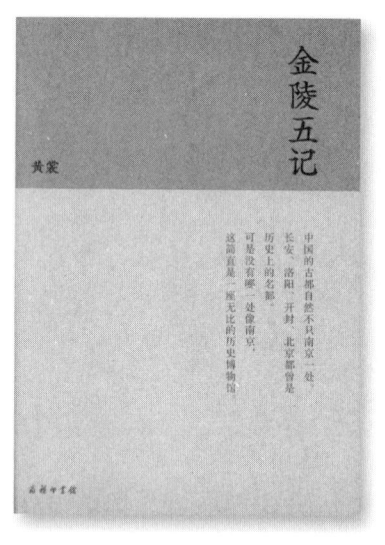

左图　金陵书画社 1982 年 6 月初版
　　　字数：150 千字；印数：26500 册
　　　封面设计：傅小石

中图　江苏古籍出版社 2000 年 1 月新版

右图　商务印书馆 2017 年 10 月版
　　　书籍设计：潘焰荣

金陵五记

目次：
一九四二年：白门秋柳
一九四六年 旅京随笔：鸡鸣寺／关于"泽存书库"／访"盍山精舍"／"美人肝"／老虎桥边看"知堂"
一九四七年 金陵杂记：小序／半山寺与谢公墩／石观音寺／周处读书台／绛云书卷美人图／柳如是／快园／随园／梅园／小虹桥／后湖／鸡鹅巷与裤子裆／咏怀堂诗／梅花山／莫愁湖／明太祖与徐达／桃花扇底看南朝／马湘兰／记者生涯／豁蒙楼上看浓春／燕子矶／白鹭洲
一九四九年 解放后看江南：社会科学者眼里的南京／司徒雷登夹着皮包走了以后／不再做花瓶
一九七九年 白下书简：秦淮拾梦记／附：白鹭洲公园补记／重过鸡鸣寺／天王府的西花园／梅园／王介甫与金陵／莫愁湖／石巢园／扫叶楼／献花岩／南唐二陵／附：余怀诗两种，咏怀古迹；味外轩集
后记

  本书集合作者历年所写有关南京的文字。作者在后记中说，中国古都不只南京一处，"可是没有哪一处像南京，这简直是一座无比的历史博物馆"。这正是作者虽是南京匆匆过客，却对之充满不一般的感情并写下诸多文字的原因。对此，作者曾说："从1945年下半年起，我成了一名记者。有一段日子在做报社的驻南京特派员。生活是无比杂乱的，但却偷闲走遍了南京的许多旧迹。参考书仅有一本朱偰的《金陵古绩图考》。偶尔也到图书馆中翻阅资料。对南明的兴趣丝毫没有减退，又来到这个弘光小朝廷建都的旧址，不能不使人顿兴怀古之想。看看眼前的世事，总觉得三百年后上演的依旧是一场过去的旧戏。于是在报纸上连续发表了一束《金陵杂记》。"（《〈一市秋茶〉后记》，《一市秋茶》第337页）
  本书另有江苏人民出版社1984年9月"第2次印刷"本，装帧、内容均与金陵书画社版同。又有江苏古籍出版社2000年1月新版，内容与前面两个版本同。商务印书馆2017年10月收入"流金文丛"印行新版，正文内容与金陵书画社初版同，书尾增一篇张昌华的编后记。

四川人民出版社 1984 年 6 月初版
字数：591 千字；印数：2400 册
封面题字、画：华君武　封面设计：邱云松

黄裳论剧杂文

目次：
编者的话
旧戏新谈（1947）：徐序 / 吴序——关于作者 / 章序 / 第一辑：评剧家 / "评剧家"之二 / 京白 / 叫好 / "十万春花如梦里" / 关于川剧 / 关于违碍戏 / 水浒戏文与女人 / 第二辑：法门寺 / 关于刘瑾 / 打渔杀家 / 连环套 / 盗御马 / 小生三类 / 安天会 / 新安天会 / 春闺梦 / 青石山 / 硃痕记 / 四进士 / 美人计 / 回荆州 / 截江夺斗 / 祭江 / 西施 / 战宛城 / 骂殿 / 关于《纺棉花》 / 长坂坡 / 蝴蝶梦 / 金钱豹 / 一捧雪 / 灞桥挑袍 / 空城计 / 洗浮山·霸王庄·茂州庙·拿谢虎 / 第三辑：打樱桃 / 得意缘 / 雌雄镖 / 小放牛 / 花田错 / 嫁妹 / 戏凤 / 夜奔 / 别姬 / 第四辑：饯梅兰芳 / 念小翠花 / 捧萧长华 / 怀侯喜瑞 / 谈郝寿臣 / 第五辑：论马谡 / 论蒋干 / 汤裱褙 / 再谈教师爷 / 诸葛亮与鲁肃 / 大白脸 / 小白脸 / 唐跋 / 后记 / 雨天杂写 /《旧戏新谈》补辑
《谈水浒戏及其他》（1952）：上辑：楔子 / 怎样看《水浒》故事 / 怎样处理水浒戏 / 论宋江 / "坐楼" / 从《女吊》谈到《活捉》 /《打渔杀家》/ 下辑：谈《打出手》/《四郎探母》/《双铃记》/《贩马记》/ 技巧的成熟 / 论精炼 / 漫谈布景 / 杂技的地位 / 关于武松 / 改版后记
《西厢记与白蛇传》（1953）：谈《西厢记》/ 关于《白

蛇传》/《梁祝》杂记/公案剧杂谈/三改随笔六篇（鲁迅先生对戏曲的一些意见/金锁记/打鼓骂曹/宝莲灯/精简一下/谈"程式化"）/梅兰芳的舞台艺术/应该有这样一部传记——关于梅兰芳先生的《舞台生涯四十年》/民族戏曲艺术的伟大展览/后记

继往开来的艺术大师：看梅兰芳的三出戏（《宇宙锋》《醉酒》（附：《醉酒》小记/穆柯寨）/《别姬》/继往开来的艺术大师/《忆艺术大师梅兰芳》序

和盖叫天先生在一起：和盖叫天先生在一起（上）/和盖叫天先生在一起（下）/祝贺盖老舞台上的花甲生日/谈《快活林》/重演《恶虎村》——湖上的哀思

读剧随笔：谈《玉簪记》/谈《彩楼记》/谈清人《戏剧图册》漫笔（一、《空城计》/二、《牧羊圈》/三、《取荥阳》/四、《回龙阁》/五、《五雷阵》/六、《凤鸣关》）/谈《恶虎村》/演员的气质/谈《长坂坡》/辛辣的喜剧——谈赣剧《借靴》/汉水上吹来的春风/看《拜月记》/看了《于谦》以后/《痴梦》/江湖——读《闯江湖》/反封建与传统戏/随感/朱翁子/谈曲话）/吴门读曲记（古典舞台/临去秋波/"案头"与"场上"/白描/柳梦梅）

关于川剧：看戏小记（小叙/《铁冠图》/《逼霸》/《打金杖》/《归正楼》/《孙琳逼官》）/川剧随笔（首先想起的/《放裴》/《芙奴传》/《吵闹》）

"人间说戏"（1980）及其他：人间说戏［1980］（反封建离不开旧戏/衙内/难答的问题/脸谱/二丑/舞台上的曹操/又说曹操［附：附记］/《战宛城》/《思春》/打出手/洁癖/《一捧雪》的启示/审头/《挂帅》/《得意

缘》)/瞻望新歌剧/《渔夫恨》及其他/谈戏/周信芳先生的艺术成就/怀周信芳/周信芳之死/"正是江南风景好"/江南俞五/《歌台忆旧》之忆旧/白昼打斗/刘备·孙权·贾化/贾桂思想/为宋士杰恢复名誉/芥川的话/胡芝风带来的风

后记/跋

　　作者在1982年10月18日所写的后记中说：收入本书《旧戏新谈》《谈水浒戏及其他》《西厢记与白蛇传》三种是曾经印行过的集子，其余都是没有结集过的散篇。"取名'杂文'，主要是想说明这些文字的内容、体制都是很庞杂的，并不意味着它们都是我们通常所说的杂文"。写"旧戏新谈"，乃是"我开始看出这种题材与形式的特殊的优越性。想对旧社会黑暗、腐朽的现实加以批判、攻击，谈戏是一条便捷而有效"。

人民文学出版社 1984 年 8 月初版
字数：235 千字；印数：28600 册
装帧设计：李吉庆

过去的足迹

目次：
白门秋柳 / 音尘 / 江上杂记 /《锦帆集》后记
茶馆 / 桂林杂记 / 昆明杂记
前线景象 / 关于"翻译官" / 森林·雨季·山头人
连环套 / 盗御马 / 叫好 / 夜奔 / 饯梅兰芳
老舍在北京 / 温特 / 游邓尉 / 新婚夫妇 / 浣花草堂
过灌县·上青城 / 虞山春 / "一市秋茶说岳王" / 重过鸡鸣寺 / 采石·当涂·青山 / 前门箭楼的燕子 / 杭州杂记 / 钓台 /《西湖梦寻》及其他 / 香市 / 古树 / 樱桃 / 小街
关于柳如是 / 陈圆圆 / 放翁诗
不是抬杠 / 海滨消夏记 / 关于吴梅村 / 过去的足迹 / 朱佩弦 / 槐痕 / 题跋一束
后记

　　作者散文随笔选集，按着写作时间顺序，从以往的九个作品集中选出。

左图　生活·读书·新知三联书店香港分店 1984 年
10 月初版
　　　装帧设计：尹文、黎锦荣；封面题字：郑家镇

右图　湖南人民出版社 1988 年 10 月初版
　　　字数：105 千字；印数：2500 册
　　　书名题字：范寅铮；装帧设计：胡杰

晚春的行旅

目次：
序
关于"游山玩水"/ 山阴道上 / 东湖 / 沈园 / 兰亭 / 禹陵 / 青藤书屋 / 钓台△ / 瑶琳 / 杭州杂记△ / 新安江之雾 / 春游杂感（《西湖梦寻》及其他△ / 面皮 / 香市△ / 古树△ / 虾爆鳝〈神〉樱桃△ / 小街△ / 钱柳的遗迹 / 九峰三泖 / 勺湖小记 / 江村 / 淮上行 / 记巴金△ / 思索△ / 过去的足迹△ / 忆马叙伦△ / 徐森玉先生纪念△ / 徐森玉与《花间集》△ / 孟心史△ / 关于"寒柳堂诗"△ / 关于陈寅恪△ / 关于罗文干△ / 作家的手迹△ / 从吴恩裕逝世想起△ / 南行琐记 / 深圳 / 我看苏州 / 滇游日记——从昆明到大理 / 好水好山 / 天津二日

（以上目次中，带——线的为湖南版增加的；带△号者为香港版原有、湖南版删除者）

　　回忆与随想文丛之一种，1978年下半年起所写文章编为一集，可以看作是《山川·历史·人物》的续集，该书封底所附简介写道："本书题材广泛，包括游记、作家学人轶闻逸事、文史随笔、杂感等。作者文笔老练，学识丰富，言之有物……"

　　湖南版，为骆驼丛书之一种，作者调整了相当多的篇目，最大的调整是香港版后半部分记人文章俱删，又增补新的旅行记，使本书成为一本纯粹的旅行记汇编。同时，前半部分与香港版相比多出一篇《关于"游山玩水"》，删去《钓台》《杭州杂记》《〈西湖梦寻〉及其他》《香市》等篇。

新世界出版社（NEW WORLD PRESS）1985 年初版，英文版

TALES FROM PEKING OPERA
（京剧故事集）

目次：
PCONTENTS/PREFACE/BEAUTY DEFIES TYRANNY/ THE PURSUIT OF HAN XIN/A FOOLISH DREAM/THE CAPTURE AND RELEASE OF CAO CAO/THE LONG SLOPE/THE DRAGON AND THE PHOENIX SHOW/ THEIR COLORS/THE RUSE OF THE EMPTY CITY/THE DRUNKEN BEAUTY/THE MUKE MOUNTAIN REDOUBT/ YANGPAIFENG/THE FISHERMANS REVENGE/THE JADE BRACELET/THE TEMPLE OF KARMIC LAW/THE TWO STRANGE ENCOUNTERS/THE AFFINITY OF THE IRON BOW/A STARTLING DREAM OF WANDERING/THROUGH THE GARDEN/THE FOUR SUCCESSFUL CANDIDATES / THE CASE OF A MANS HEAD/LIAN HUAN TAO/SISTER THIRTEEN

　　此书即为《彩色的花语》的英文版，篇目次序两书有所不同，因文种和书名均异，故两书各立条目。2006年，美国 Better Link Press 曾重版此书。

生活·读书·新知三联书店 1985 年 2 月初版
字数：195 千字；印数：10900 册
封扉设计：钱月华

银鱼集

目次：

绝代的散文家——张宗子 / 张岱《琅嬛文集》跋 / 关于张宗子 / 关于余淡心 / 余淡心与金陵 / 关于吴梅村 /《鸳湖曲》笺证——吴昌时事辑 / 补记 / 吴梅村《南湖春雨图》/ 咏怀堂诗 / 海滨消夏记 / 不是抬杠 / 姑苏访书记 / 西南访书记 / 西南访书续记 / 读《一氓题跋》/ 生小说红楼 / 沈从文和他的新书——读《中国古代服饰研究》/ 关于"提要"/ 阿英与书

澹生堂二三事 /《远山堂明曲品剧品校录》后记 /《天一阁被劫书目》前记 / 梅花墅

后记

  作者在1983年元旦所写的后记中说，此书与《榆下说书》一样，所收大抵为谈书杂文，除近两年所作，还编入一些旧文。"银鱼"是古人对书蠹虫的称呼。

三联书店香港分店 1985 年 5 月初版
装帧设计：黎锦荣；封面题字：郑家镇

珠还集

目次：

珠还记幸 / 关于郭老的两件事 / 朱佩弦 / 茅盾印象 / 许寿裳 / 乔大壮 / 冰心的手迹 / 王剑三 / 诗人冯至 / 废名 / 周乔峰 / 海内存知己 / 忆李广田 / 浦江清 / 槐痕 / 老树 / 涉园主人 / 补记 / 钵山一老 / 自庄严堪 / 秋明室 / 马叔平 / 五石居士 /《无题》/ 吴仓硕小笺

"牛棚"与牛 /"作家"的进化 / 文学家与数学家 /"这也是生活"/ 妓院里的爱情 / 鬼恋 / 手掌 / 好快刀 /"文责自负"/ 如梦记 / 打差别 / 戏法 / 月下老人的诗签 / 长官意志 / 弭谤 / 诚则灵 / 关于"游山玩水"/ 负暄录（小序 /《雪杯圆》/《心有余悸》考 /《光圈》/ 黄泥冈上的枣子 / 打拳）/ 关于《入蜀记》/ 我的端砚 / 博与约 / 蒋子文及其他 / 油焖笋 / 音容宛在 /"德寿宫中写洛神"/ 杂文与骂人 / 哈哈镜 / 雄谈 /"是吗？"/"算了！"/ 相骂 / 照相 / 做文章 /"危险的行业"/ 戌年谈狗 /"雅贼"/ 升级与降级 /"基本属实"/ 治僵化法

后记

　　作者在1983年1月28日所写的后记中说，这是一本"杂文集"，"杂文"所用乃是古义，指诗歌、史传以外的各种文字，也就是散文。还谈到1983年春天意外找回几十张三十多年前搜集师友手迹，遂"记下些有关的轶闻逸事，和自己对他们的学问事功零碎的认识和理解"。"珠还合浦"的故事见《后汉书》"循吏传""孟尝传"。"人们后来把它做为譬喻失而复得的泛用语，其实是缩小了原有的意义了。这里说的是重新得到了比多少颗珍珠更珍重千万倍的产珠资源，指的是有无比生命力的事业的生机的恢复"。

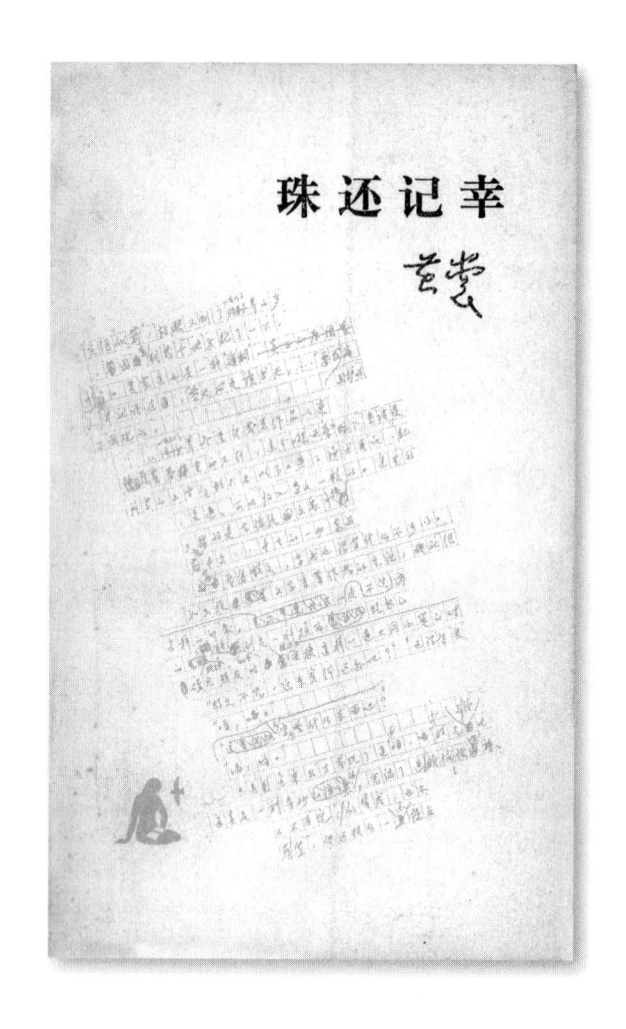

生活·读书·新知三联书店 1985 年 5 月初版
字数：216 千字；印数：9600 册
封面设计：宁成春

珠还记幸

目次：
张奚若与邓叔存 / 谈"掌故" /《别时容易》续篇 / 傅增湘 / 琉璃厂往事 / 谈影印本 / 谈"全集" / 读画记 / 北京诗话——《竹叶庵文集》/ 北京诗话——京师百咏 / 春夜随笔 / 关于地方文献的出版
珠还记幸小引 / 郭沫若 / 朱佩弦 / 茅盾印象 / 许寿裳 / 乔大壮 / 冰心的手迹 / 王剑三 / 诗人冯至 / 废名 / 周乔峰 / 海内存知己 / 忆李广田 / 浦江清 / 槐痕 / 老树 / 涉园主人 / 补记 / 钵山一老 / 自庄严堪 / 秋明室 / 马叔平 / 五石居士 / 贺昌群 / 润例及其他 /《无题》/ 宿诺 /《银鱼集》后记 /《黄裳论剧杂文》后记 / 为《晚春的行旅》写的后记 /《忆梅轩琐记》序 / 吴泰昌《文苑随笔》序
谈校对 / 天津在回忆里 / 香山的树 / 结婚 / 橙子 / 必胜 / 杀风景 / 忆侯喜瑞 / "英雄自古出渔樵"
南行琐记 / 东单日记 / 东单日记续篇
后记

  读书杂志编辑部编读书文丛之一种。作者后来曾说："'五四'以还，作家自编文集有一种约定俗成的做法，那就是将一个时期或一年、数年所作的文字，统统收拢在一起成集。……凡一个时期所作所译，一览无余。看起来似乎庞杂无绪，但像古人的编年集似的，好处是说不尽的。……这种编法的好处是，读者可以从中了解作者所处的时代，当时的处境、心情，从而能更深刻清晰地了解作者及其作品，可惜这样编文集的风气已经逐渐沦没，极少见到了。"(《二十年后再说"珠还"》,《珠还记幸[修订本]》第7页)此书即学习前辈采用"杂编法"，使时代气息"显然可见"。

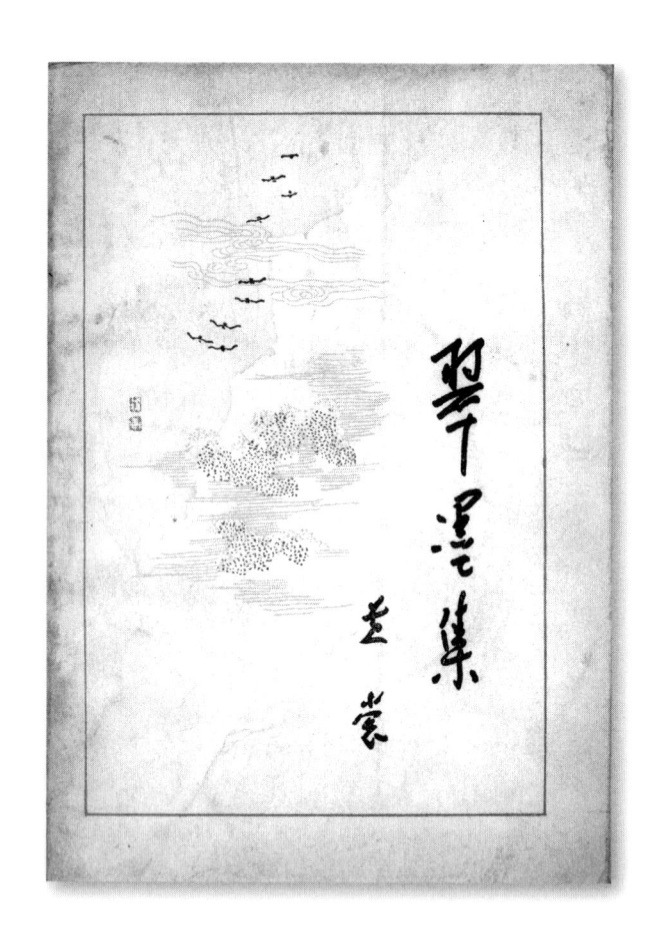

生活·读书·新知三联书店 1985 年 12 月初版
字数：176 千字；印数：3900 册
装帧：叶雨、马少展

翠墨集

目次：

一册纪念岳飞的诗集 / 补记 / 跋《城守筹略》/ 跋《利器解》/《拙政园诗余》跋 / 俞跋 / 叶跋 / 跋《竹笑轩吟草》/ 记王茂远《柳潭遗集》未刻逸文 / 南田少年时事琐记 / 再记南田少年时事——读《赖古斋文集》/ 风怀诗案 / 汪景祺遗诗——跋《读书堂诗集》稿本 / 关于金冬心 / 藏书题跋 / 残本九种题记 / 云烟过眼新录（壬午平海图 / 哂园杂录 / 高崚十二景诗 / 余庆录 / 西山纪游 / 老子全抄 / 烟花小史八种 / 曹子玉诗十集 / 中州启札 / 范运吉传 / 晤书堂诗稿 / 嘉靖大政类编 / 明月诗筒 / 绿雪亭杂言 / 归田诗话 / 冷鸥堂集 / 金陵览古）/ 水分 / 怀素《食鱼帖》/ 关于包公的断想 / 功德无量 / 诗之神秘 /《书边草》序 / 明清法书观赏 / 散文与杂文 / 闲情 /《金瓶梅》及其他 / 暑热草 / 审查 / 看书琐记 / 盛况的变迁 /《河里子集》小序 / "冲冠一怒为红颜" / 一个希望 / 人言可畏 / 马君武的诗 / 别时容易 / 一夜北风紧 /《红楼梦》与电视剧 / 小说与优生学 / 曹雪芹的头像 /《老人的胡闹》/ 题跋之外 / 题跋一束（补记）/ 后记

作者在本书后记中说：多年来，"一书入手，总是要在书前卷尾写点题跋之类的话"，这多少是受了《莞圃藏书题识》一类书影响的结果。"书名题为'翠墨'，也别无深义。对于碑帖石刻，我是有兴趣的，但没有一点起码的知识，也一直不敢踏进门去，怕一旦被吸引住了，终至泛滥无归"。

香港博益出版集团 1986 年 1 月 初版
封面设计：江志强

黄裳杂文·河里子集（香港版）

目次：

第一分：一、南行琐记 / 二、深圳 / 三、天津二日 / 四、好水好山 / 五、我看苏州 / 六、滇游日记——从昆明到大理

第二分：一、闲情 / 二、看书琐记 / 三、朦胧 / 四、一夜北风紧 / 五、诗人的争论 / 六、别时容易 / 七、橙子的联想 / 八、东坡二题 / 九、疗妒汤 / 十、杀风景 / 十一、帮倒忙 / 十二、殁翁纪念 / 十三、废铜烂铁之类 / 十四、应该有一部《首都志》/ 十五、《日出》及其他 / 十六、诗人——读《闲居集》/ 十七、谣谚 / 十八、小辫子 / 十九、常熟听书记 / 二十、节奏 / 二十一、分寸

第三分：一、也谈"知足常乐" / 二、格言、成语及其他 / 三、知识的价值 / 四、论"海派" / 五、《老人的胡闹》/ 六、从"老鼠"想到"弄权" / 七、神与人 / 八、怀油条

　　本书系李国威主编中国当代作家介绍丛书之一种。"河里子"即作者小时候喜欢玩的河里的鹅卵石。封底有内容介绍，说本书主要是"写游览华南胜地的琐记、读书偶拾以至对目下四周发生的事物的感想"。

骆驼丛书

LUOTUO CONGSHU

负暄录

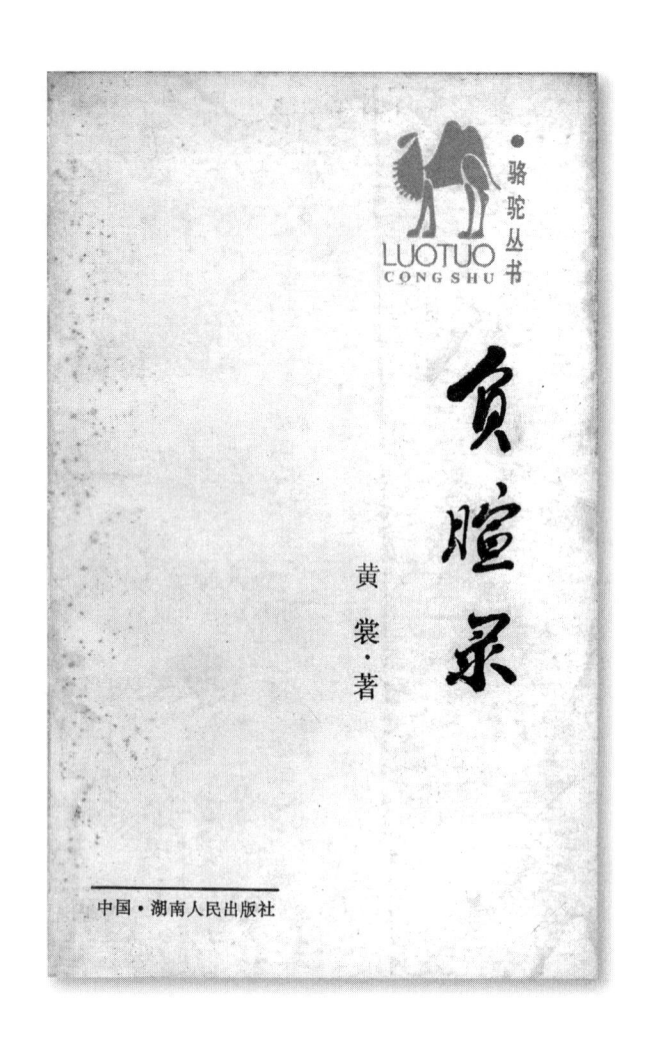

黄裳·著

中国·湖南人民出版社

湖南人民出版社 1986 年 12 月初版
字数：111 千字；印数：2600 册
书名题字：范寅铮；装帧设计：胡杰

负暄录

目次：
随笔八篇（嗲／灯戏／古书装裱的绝活／帮腔／纸／选秀女法／《卷盫书跋》／龙凤合挥）／记巴金／徐森玉与《花间集》／森玉先生纪念／从吴恩裕逝世想起《负暄录》／关于《入蜀记》／博与约／蒋子文及其他／吴仓硕小笺／关于"寒柳堂诗"／思索／忆马叙伦／作家的手迹／孟心史／关于罗文干／关于陈寅恪／《珠还集》后记／漫笔二十二篇（"英雄"的"所见"／打算盘／"物美价廉"／错字／转化／城墙是布做的／师说／贬低／速度／专家／"定本"／交流／翻身／茶馆／反串／邀角／俞曲园何人？／动脑筋／翻筋斗／结账／闲言语／标点古书不易）／钱牧斋／关于刘成禺／叕翁纪念／诗人——读《闲居集》／周忱／《日出》及其他／应该有一部《首都志》／暑热草

骆驼丛书之一种，收作者的随笔和读书记。

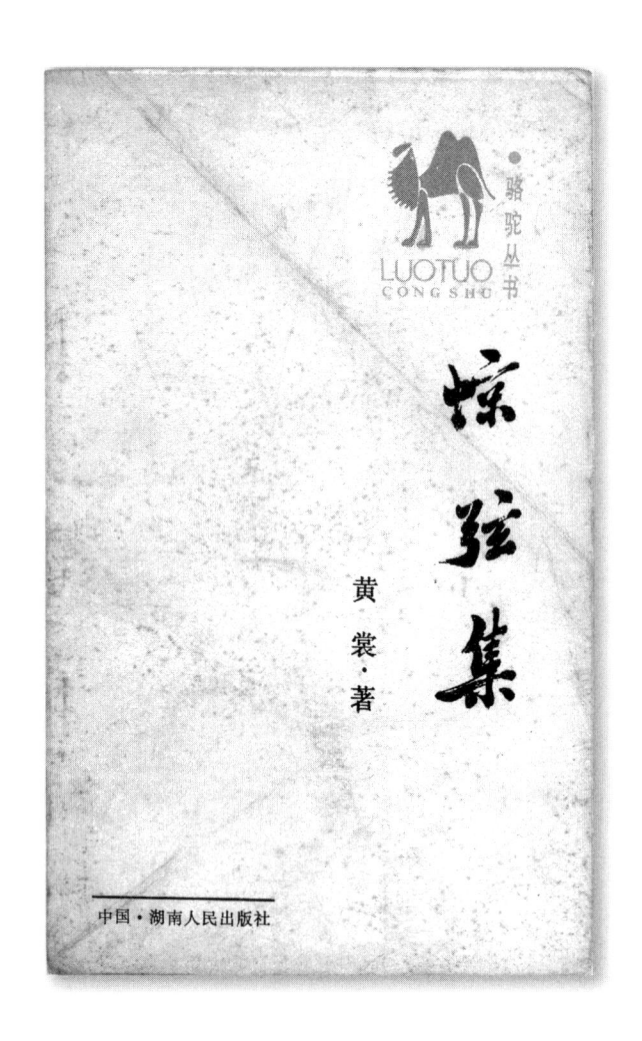

湖南人民出版社 1986 年 12 月初版
字数：102 千字；印数：1800 册
书名题字：范寅铮；装帧设计：胡杰

惊弦集（湖南版）

目次：

"牛棚"与牛 / "作家"的进化 / 文学家与数学家 / "这也是生活" / 妓院里的爱情 / 鬼恋 / 手掌 / "好快刀" / "文责自负" / 如梦记 / "打差别" / 戏法 / 月下老人的诗签 / 长官意志 / 弭谤 / 诚则灵 / 我的端砚 / 油焖笋 / 音容宛在 / "德寿宫中写洛神" / 杂文与骂人 / 哈哈镜 / 雄谈 / "是吗？" / "算了！" / 相骂 / 照相 / 做文章 / "危险的行业" / 戌年谈狗 / "雅贼" / 升级与降级 / "基本属实" / 治僵化法 / 从"老鼠"想到"弄权" / 不倒翁 / 毛笔 / 帮倒忙 / 《写在舞台边上》序 / 配套 / 报春 / 天一阁墨 / "津门旧事" / "书简文学" / 也谈"知足常乐"（附录《四乐颂》——冯英子）/ 知识的价值 / 论"海派" / 节奏 / 分寸 / 小辫子 / 格言、成语及其他 / 神与人 / 家谱 / 再论"海派" / 怀油条

"骆驼丛书"之一，收作者的杂文和随笔。与此前合著《八方集》中一辑文章不同，此"惊弦集"为作者单行本作品集。

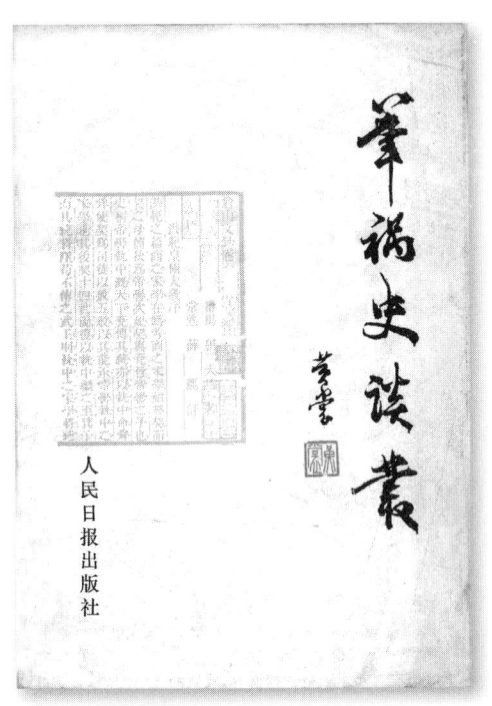

左图　1988年1月 人民日报出版社初版
　　　字数：70千字；印数：4000册
　　　封面设计：郑秉宏

右图　北京出版社 2004年1月版
　　　字数：80千字；印数：10000册
　　　总体设计：二可

笔祸史谈丛

目次：

雍正与吕留良 / "名教罪人" / 宽严之间 / "隔膜"及其他 / "几乎无事的悲剧" / 违碍种种 / 讳的故事 / 清代的禁书 / 禁本小记（《南山集偶钞》/ 峤雅 / 经钮堂文稿杂著 / 国史纪闻嘉靖以来注略 / 秋水集）/ 查·陆·范 / "光棍"的诗集 / 汪景祺遗诗——跋《读书堂诗集》稿本 / 谈禁书 / 后记

　　作者1986年底在后记中说："……平日读书时也时常记起，遇见有关文字狱的文献，也较为留心。随时记下一些零感，就是这里的一束笔记。"并言，写这些文字是为了"找到病根、记取教训"。本书后收入北京出版社"大家小书"丛书，多次重印。

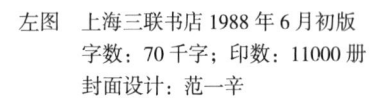

左图　上海三联书店 1988 年 6 月初版
　　　字数：70 千字；印数：11000 册
　　　封面设计：范一辛

右图　1997 年 1 月第二次印刷
　　　字数：99 千字，印数：11000 册
　　　装帧设计：桑吉芳

彩色的花雨

目次：
序 / 捉放曹 / 长坂坡 / 龙凤呈祥 / 空城计 / 追信 / 杨排风 / 穆柯寨 / 拾玉镯 / 大审 / 四进士 / 杀家 / 铁弓缘 / 十三妹 / 拜山 / 审头 / 金殿 / 奇双会 / 惊梦 / 痴梦 / 醉酒

　　作者序言中说，他童年时代即走进剧场，对有些剧作留下磨灭不掉的印象，本书即写下童年时代起打动过他的一些戏曲故事。书中配高马得插图为黑白版。

2012 年 7 月上海书店出版
字数：80 千字
装帧设计：周夏萍

附：

纸上蹁跹

　　作者重新整理此稿，改现名，收入"海上文库"出版，书中配有高马得水墨画彩图。

湖南文艺出版社 1988 年 10 月初版
字数：92 千字；印数：3550 册
装帧设计：钱君匋、王宇仁

当代杂文选粹（第三辑）·黄裳之卷

目次：

杂文复兴 / 谜底 / 一念之微 / 谈"癖" / 慈禧太后吃饭 / 《金瓶梅词话》的故事 / 韩信的哲学 / 文学家与数学家 / 手掌 / 补课 / "文责自负" / 日记·日记文学·"日记侦察学" / 戏法 / 论焦大 / 长官意志 / 弭谤 / 诚则灵 / 文学与出气 / 关于"游山玩水" / "知道了" / 光圈 / 功售无量 / 德寿宫中写洛神 / 音容宛在 / 海滨消夏记 / 不是抬杠 / 哈哈镜 / 雄谈 / "算了！" / 审查 / 诗人的争论 / 乡情 / 盛况的变迁 / 又说曹操 / 人言可畏 / 疗妒汤 / 帮倒忙 / 谣谚 / 小辫子 / 隔山买牛 / "名教罪人" / 诺贝尔奖 / "表叔"的遐想 / 关于《挺经》/ 编者后记

  出版者前言称："本丛书选取当代有影响的杂文作家有代表性的作品，每人一本，每本一般自五六万字至七八万字。由作者提供自建国以来全部主要的杂文创作并自选篇目，再由本社约请严秀、牧惠二同志担任主编。在编选时，本社及两位主编尽可能尊重本人意见。"

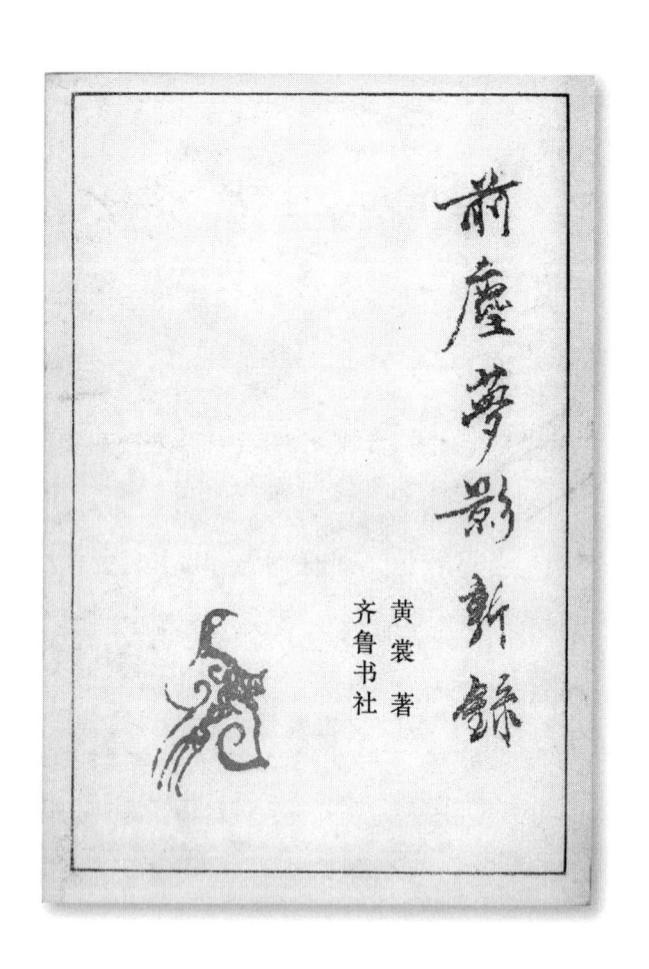

齐鲁书社 1989 年 6 月初版

字数：140 千字；册数：1000 册

前尘梦影新录

目次：
前记
卷一：武林旧事四册 / 弘明集五册 / 大狩龙飞录一册 / 岳麓书院石壁禹碑集 / 白厓先生集四册 / 尔雅一册 / 霏雪录一册 / 状元图考五册 / 养正图解二册 / 吴骚合编四册 / 罗汉十八相一册 / 离骚经四册 / 枝山先生柔情小集一册 / 陶靖节集二部五册 / 李白诗类编四册 / 水月斋指月录十册 / 私史记事一册 / 崇祯苏松巡案察院置买役田书一册 / 怀古堂诗选一册 / 鸡肋集一册 / 竹笑轩吟草一卷续集一卷三集一卷 / 中藏集一册 / 绝妙好词二册 / 庚辛之间亡友列传一册 / 冯止园忆旧游诗话 / 元曲选图一册 / 书影一巨册

卷二：两浙古今著述考十五册 / 远山堂文稡 / 远山堂文稡 / 澹生堂文集十六册 / 祁彪佳疏稿 / 还朝疏稿 / 按吴政略六册 / 小疏三册 / 易测一册 / 唐宋八大家文钞二十册 / 吴越诗选五册 / 崇祯戊辰浙江恩贡齿录一册 / 国史纪闻六册 / 嘉靖大政类编二册 / 嘉靖以来注略七册 / 绍兴十八年同年小录 / 素园石谱四册 / 利器解一册 / 西厢记五本四册 / 人镜阳秋二十册 / 修真秘要、前后卫生歌、加减十三方合一册 / 谈野翁实验小方一册 / 澹生堂全集二十一卷

卷三：六朝声偶集七卷 / 续皇王大纪 / 冷鸥堂集 / 段氏二妙集八卷 / 娜嬛文集 / 史阙六帙 / 西湖梦寻五卷 / 梦忆八卷 / 悟秋草堂诗集四卷 / 唐秘书省正字先辈徐公钓矶文集十卷 / 刻中唐十二家诗存五家五卷 / 客座赘语存卷一之四凡四卷 / 潜夫论十卷 / 咏怀堂诗集四卷续集卷二戊寅诗二卷 / 逸语十卷 / 读书堂诗集 / 两山墨谈 / 银藤花馆词四卷 / 无闷堂集三十卷 / 燕在阁唐绝句选十卷 / 书馆闲吟十卷 / 闾丘诗集十卷 / 广川画跋四卷 / 三辅黄图六卷 / 梦粱录二十卷 / 剧谈录二卷 / 寇忠愍

诗集 / 憺园集三十六卷 / 通志堂集二十卷 / 桃花里集四卷 / 集古印谱二十册 / 飞鸿堂印人传八卷 / 水曹清暇录十六卷 / 烬掌录二卷 / 东林十八高贤传一卷 / 孤树裒谈五卷 / 诗翼一册 / 太微后集一册 / 黄四如文稿 / 楚辞五卷 / 楚辞集注存九歌 / 楚辞集注三册 / 南斋诗集 / 述本堂诗集二卷附一种 / 佳山堂初集十卷二集八卷 / 桐野诗集四卷 / 瀛山笔记二卷 / 含翠轩诗钞 / 思适斋记十八卷 / 壬午平海图 / 张小山小令二卷 / 盂兰梦传奇一卷、珊影杂识一卷 / 唐皇御史集存卷一之六 / 欧阳四门集八卷 / 世说新语注三卷 / 后汉书一百二十卷 / 佳趣堂书目 / 知圣道斋读书跋 / 裘杼楼书目 / 李翰林诗集 / 江村筒寄四卷 / 雨泉龛合刻 / 馀园诗钞六卷 / 在亭丛稿十二卷咏归亭诗八卷 / 宋史岳飞传一卷、岳忠武王庙名贤诗一卷 / 白下集 / 通典二百卷 / 集千家注批点杜工部诗集二十卷 / 杜律单注五册 / 杜诗八卷 / 杜律赵注二卷 / 李杜律诗二卷 / 杜律虞注 / 谰言长语 / 晁具茨诗集一卷 / 初唐诗三卷 / 稼轩长短句 / 笠泽丛书四卷 / 缙云先生文集四卷 / 解颐新语八卷 / 西溪丛语二卷 / 西溪丛语二卷 / 哂园杂录 / 倘湖樵书 / 弹指词三卷 / 汪氏说铃 / 甲申三月纪事一卷 / 约言 / 皇明鸿猷录十六卷 / 夏小正一卷 / 禄嗣奇谈一卷 / 鹤林玉露十八卷 / 广舆图存卷二 / 金粟逸人逸事一卷 / 于东集 / 杨升庵诗五卷 / 七颂堂识小录 / 托素斋诗集四卷文集六卷 / 沚亭自删诗集一卷、沚亭删定文集二卷、汉史臆二卷、颜山杂记四卷、南征纪略二卷 / 瓜庐诗 / 砚林诗集四卷 / 琴楼遗稿 / 近体乐府三卷 / 补汉兵志 / 补汉兵志正讹一卷 / 三冈识略存卷三之五 / 三冈识略存卷八之十

卷四：艺文类聚一百卷 / 清溪诗集二卷 / 柯家山馆词三卷补逸附 / 佛尔雅八卷 / 猫苑二卷 / 赐馀堂集七卷 / 东江集钞九卷 / 屈宋古音义三卷 / 泛桨录二卷 / 春融堂集、杂记 / 白云集 / 小跛翁纪年一卷 / 钱辛楣年谱 / 六朝文絜四卷 / 三百词谱四卷 / 说文凝锦录二卷 / 消夏录二卷 / 野鸿诗的 / 靖康盗鉴录 / 读书杂识二卷 / 双崖文集存二卷 / 范文公正尺牍三卷 / 文正公尺牍三卷 / 邗江三百吟十卷 / 春华阁词二卷 / 冬心先生集四卷 / 乐游联唱集二卷 / 竹叶庵文集三十三卷 / 东潜文稿二卷 / 爱日堂吟稿十五卷 / 复古诗十四卷 / 西陂类稿五十卷 / 纬萧草堂诗六卷 / 偶更堂文集二卷 / 清风堂文集二十三卷 / 腾笑集八卷 / 南车草一卷 / 词综三十卷 / 曝书亭集八十卷附渔笛小稿 / 南疑集九卷 / 檇李诗系 / 把奎楼选稿 / 秋林琴雅四卷 / 且亭诗 / 守城全书 / 山阴祁氏乡会试朱卷 / 今乐府二卷 / 符山堂诗一卷 / 早朝诗一卷 / 仙传外科秘方存一卷 / 皇明诏令二十一卷 / 皇明诏敕存二卷 / 民抄董宦纪略 / 八唐人集 / 李义山诗集六卷 / 李义山七律会意四卷 / 绿窗女史 / 九灵山房集 / 石联遗稿八卷 / 敬事草 / 翁山文钞十卷 / 五国故事 / 三楚新录 / 钓矶立谈 / 明月诗筒 / 黄叶村庄诗集八卷 / 花村谈往 / 研堂见闻杂记 / 元氏长庆集存十二卷 / 呆堂诗钞七卷文钞六卷 / 查浦诗钞十二卷 / 尺五堂诗删初刻六卷近

刻四卷 / 菀青集二十一卷 / 大观堂文集二十二卷 / 受祺堂诗集三十五卷 / 赖古堂诗集四卷 / 赖古堂集二十四卷 / 馀庆录 / 苍岘山人诗集五卷微云词一卷 / 湖海楼诗集八卷 / 湖海楼文集六卷俪体文集十卷 / 陈其年词集三十卷 / 瘖堂集五十卷补遗二卷续集八卷冬录一卷 / 学福斋集 / 叶忠节公遗稿十二卷 / 圭美堂集二十六卷 / 西河合集 / 绿雪亭杂言 / 唐人七言绝句 / 榕园词韵 / 宦辙联句 / 方壶先生集四卷 / 七闽游草一卷 / 梅庄文集一卷 / 兼山集十卷 / 乐府原存十一卷 / 李长吉诗五卷 / 经锄堂文稿二卷 / 七经图 / 欧苏手简四卷 / 金石契一卷 / 严太仆先生集十二卷 / 秋影楼诗集九卷 / 匠门书屋文集三十卷 / 朴村先生文集 / 樗亭诗稿十二卷 / 之溪老生集八卷劝影堂词三卷 / 百城烟水五卷 / 自警编 / 听泉遗诗三卷 / 尧言二卷 / 墨表四卷 / 杨太真外传二卷 / 古今注三卷述异记幽闲鼓吹 / 山谷刀笔二十卷 / 张愈光诗文选八卷附录一卷 / 南村诗稿二十四卷 / 江冷阁文集四卷续集二卷诗集十二卷首末各一卷绪风吟三卷 / 南田诗钞五卷 / 瓯香馆集十二卷补遗一卷 / 愚庵小集十五卷 / 晤书堂诗稿 / 默庵遗稿十卷 / 墨井集三卷 / 新罗山人集五卷 / 汲古阁刊书细目一卷汲古阁珍藏秘本书目一卷 / 汲古阁珍藏秘本书目 / 爱日精庐藏书志四卷 / 竹汀先生日记抄三卷 / 竹汀先生日记抄二卷 / 振绮堂书目 / 归田诗话三卷 / 诸葛武侯十六策一卷 / 晞颜先生诗集 / 切韵考四卷 / 人物志三卷 / 咏情草 / 卧云稿 / 唾馀草 / 秋水亭诗草二卷 / 樗斋诗草二卷 / 楝亭诗钞八卷、诗别集四卷、楝亭词钞、词别集、楝亭文钞

卷五：唐宋诸贤绝妙词选十卷 / 中兴以来绝妙词选十卷 / 诗人玉屑存卷一之十六 / 韩诗外传十卷 / 韩诗外传存五卷 / 韩文 / 三仕草 / 田间集 / 所知录三卷 / 所知录存卷上 / 瘗鹤铭考 / 诗经八卷 / 宝闲堂集四卷响山词四卷 / 春桥草堂诗集八卷、小长芦渔唱四卷 / 鸣鹤馀音 / 唐词记 / 花间集十卷补二卷 / 玉厓诗集十卷 / 北窗偶谈三卷 / 濡雪堂集三卷 / 梦溪笔谈 / 云龙先生文集 / 高太史大全集 / 高太史凫藻集五卷 / 南淮集三卷 / 名贤丛话诗林广记 / 曲律四卷 / 皇明制书二十卷 / 经咫 / 强恕斋诗文抄九卷 / 一瓢斋诗存卷、一瓢斋诗话、吾以吾鸣集钞、旧雨集、旧雨二集 / 抱珠轩诗存六卷 / 斫桂山房诗存六卷 / 唐人小律花雨集二卷 / 离骚草木疏四卷 / 盐铁论十二卷 / 礼记集说 / 野客丛书三十卷附野老纪闻 / 太上感应篇注 / 后圃黄先生存集五卷 / 晏子春秋二卷 / 青楼韵语存二卷 / 昌黎先生集 / 真诠三卷 / 养真机要 / 环山诗钞 / 北行日谱 / 峤雅二卷 / 赤雅三卷 / 春雨楼集 / 西京职官印录二卷 / 金仁山先生集六卷 / 梅道人遗墨二卷 / 司马文正公集略七卷 / 续通鉴长篇 / 续古印式二卷 / 飞白录二卷 / 衍斋存稿 / 类说 / 诗源 / 西庄始存稿 / 完玉堂诗集 / 梅会诗人遗集 / 续词苑丛谈 / 南部新书 / 载书图诗 / 入吴集 / 秦淮杂诗 / 冶春绝句 / 焦山古鼎图诗 / 浪淘集诗钞 / 西陴诗稿 / 放鸭亭小稿

环溪词 / 自春堂集 / 蕴素阁诗文全集二十八卷附啸雨草堂集十卷 / 豀山卧游录四卷 / 幼学堂诗文稿 / 多师集 / 抚云集九卷 / 蘧庐诗 / 直庐集一卷使粤集一卷归田集一卷 / 燕堂诗钞四卷 / 小红词钞 / 寤言斋文学一卷 / 看蚕词一卷 / 林卧遥集三卷 / 九谷集六卷 / 古香楼诗稿三卷词稿一卷平北颂附 / 杜韩集韵三卷 / 梅雪堂稿词稿、裘杼楼诗稿 / 小方壶存稿十八卷 / 华及堂视昔编 / 汪季青宴集宾朋诗 / 敬亭集十卷 / 西归日札一卷 / 冈州遗稿 / 研谿先生诗集七卷 / 诗说三卷 / 乙未亭诗集六卷 / 畏垒山人诗集四卷 / 畏垒笔记四卷 / 小南邨集 / 改亭诗集六卷文集十六卷 / 已畦文集二十二卷 / 百尺梧桐阁遗稿十卷 / 锦瑟词一卷 / 棠村词一卷二集一卷 / 香严斋词一卷 / 岁寒咏物词 / 山闻诗一卷 / 后村杂著三卷 / 性影集八卷 / 揖山集十卷 / 大山诗钞 / 秋笛集八卷 / 南州草堂集三十卷 / 千顷堂书目 / 松江韩氏书目提要 / 文正王公遗事 / 宋文鉴 / 宋文鉴一百五十卷目录三卷 / 宋文鉴一百五十卷目录三卷 / 绛云楼书目 / 华阳国志 / 乐府补题 / 金谷遗音一卷 / 蓑笠轩仅存稿四册 / 瘦吟楼词一卷 / 栖香阁词二卷 / 古今词选 / 埤雅 / 埤雅 / 西斋偶得、凤城琐录、西斋诗辑遗 / 冬青馆甲乙集 / 缘庵诗话三卷 / 江表志三卷 / 金门稿湘瑟词 / 秋水集四卷附诗馀 / 南山集偶钞 / 影园瑶华集三卷 / 鹃亭乐府四卷 / 二初斋读书记十卷 / 蓉槎蠡说 / 翁氏家事略记 / 红萼词二卷 / 清涛词二卷 / 陆密庵文集二十卷录馀二卷诗集十二卷 / 春晖楼四六 / 空明子集十三卷续集十六卷后集十一卷馀集十一卷附茸城赋注、崇川节孝录五卷、崇川赠言 / 花外散吟 / 艮斋文集四卷 / 半舫斋古文八卷 / 潜研堂文集五十卷续集附 / 希音堂集六卷 / 简松草堂文集十二卷诗集附作令或问 / 知还草五卷 / 沽上醉里谣 / 春凫小稿 / 蔗塘未定稿蔗塘外集莲坡诗话 / 天津纪事诗 / 铜鼓书堂遗稿 / 存素堂文集续集 / 冬花盦烬馀稿二卷 / 种榆仙馆诗钞 / 十经斋文集四卷 / 柴辟亭诗集四卷 / 匏庐诗话三卷 / 铜熨斗斋随笔 / 交翠轩笔记 / 论语孔注辨伪 / 洺州倡和词 / 瑟榭丛谈 / 谪麎堂遗集 / 苏门集八卷 / 橘巢小稿四卷 / 两当轩诗钞 / 力本文集 / 玉勾草堂词三卷 / 妆台十咏 / 半园倡和诗 / 吹香词 / 香胆词选六卷 / 江村消夏录 / 塞外橐中集 / 集唾编 / 来鹤轩诗删 / 曹州牡丹谱 / 菊谱二卷 / 质园诗集 / 泊鸥山房集 / 凫亭诗话三卷 / 苇间诗集五卷 / 姜西溟先生文钞四卷 / 湛园未定稿六卷 / 湛园杂记四卷 / 国朝上虞诗集 / 晚闻居士遗集 / 冰庵诗抄八卷 / 祁忠惠公遗集 / 餐玉堂诗稿 / 屈翁山诗集附骚屑 / 读画录四卷 / 字触 / 泊斋集三卷 / 藕华园诗 / 息影斋诗钞 / 妙叶堂诗钞 / 话堕集三集 / 国朝禅林诗品 / 看云吟稿 / 小竹山人诗集三卷 / 南楼吟稿二卷 / 生香馆诗二卷词二卷 / 听松楼遗稿四卷 / 春驹小谱 / 静便斋集 / 小石山房文一刻 / 乐圃馀稿 / 南垞诗稿 / 放胆诗二卷 / 史记百三十卷 / 洹词 / 教家要略 / 后山诗注 / 后山诗注 / 鹤山大全集 / 初唐诗纪 / 周止斋集 / 味隽斋词一卷 / 侯鲭录八卷 / 宋诗纪事一百卷 / 列朝

诗集小传 / 水经注释 / 敦夙好斋诗又续编 / 匪莪堂文集五卷 / 食旧德斋杂著 / 尚书隶古定释文八卷 / 学诂斋文集二卷 / 悲盦居士诗賸一卷文存一卷 / 拜竹龛诗存六卷、钓船笛谱一卷 / 鹤泉文钞二卷文钞续选八卷集唐附 / 产鹤亭诗九稿 / 巢林集七卷 / 王复斋钟鼎款识 / 寿平堂稿 / 宝铁斋诗录 / 天真阁集 / 学古集四卷、牧牛村舍外四卷附诗论 / 道腴堂杂著一卷续杂著一卷、雪泥鸿爪录四卷 / 孱守遗稿 / 孔堂初集、孔堂私学、王立父遗文 / 茶山老人遗集二卷 / 槐塘诗稿十六卷 / 龙山诗话 / 鸿泥日录、鸿泥续录、鸿泥续吟 / 享帚楼词钞 / 吕衡州文集十卷 / 松邻遗集十卷 / 东坡诗集 / 复社姓氏录复社姓氏传略 / 历代纪元年表 / 海日楼书目 / 九峰旧庐藏书目 / 经济类编 / 太平御览 / 盛明五家诗 / 江南春一卷 / 类编草堂诗馀四卷 / 曲品残稿 / 秀濯堂诗 / 愿学斋文集 / 不遮山阁诗抄 / 记红集三卷词韵简一卷 / 直庐集 / 田间集 / 阆桴 / 圭峰续集十五卷 / 小四书存卷一之四 / 樊川集注 / 佛尔雅 / 虞邵庵先生文选心诀 / 寻芳漫述 / 变雅堂集

  作者 1987 年 1 月 18 日所写前记，述特殊年代中自己藏书被抄旧事，并言 1974 年，病休在家，养病之余，写字消遣，"就打算就回忆所得，陆续编写亡书目录，仿徐子晋的旧题，命之为《前尘梦影新录》"。此为当年所记之整理本。作者后来又回忆："这是我从干校病退回沪，养病闲居，追忆亡书的笔记。给出版社的编辑同志看见，拿去印行的。初版只印了一千册，早已成为我的著作的罕见本。"（《〈拾落红集〉后记》）
  本书另有手稿本、中华书局文稿对照本，后者有附录，增补十二则。

附：

《前尘梦影新录》手稿本

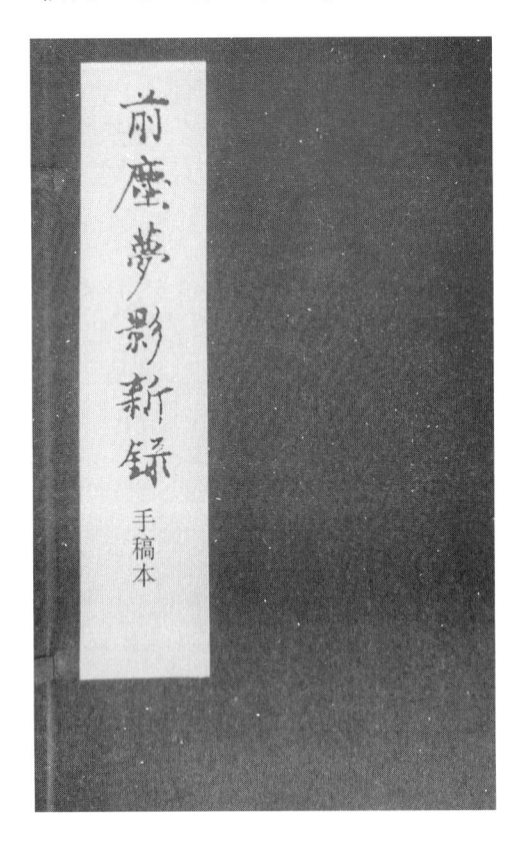

广西师范大学出版社 2008 年 6 月初版
一函四册，印数：500 部

  线装。书前有牌记："戊子三月富阳鸿宝斋据原稿原寸景印用纸亦仿之。"书后附有齐鲁书社版"前记"。

《前尘梦影新录》图文排印本

中华书局 2015 年 9 月初版
字数：460 千字；印数：2000 册

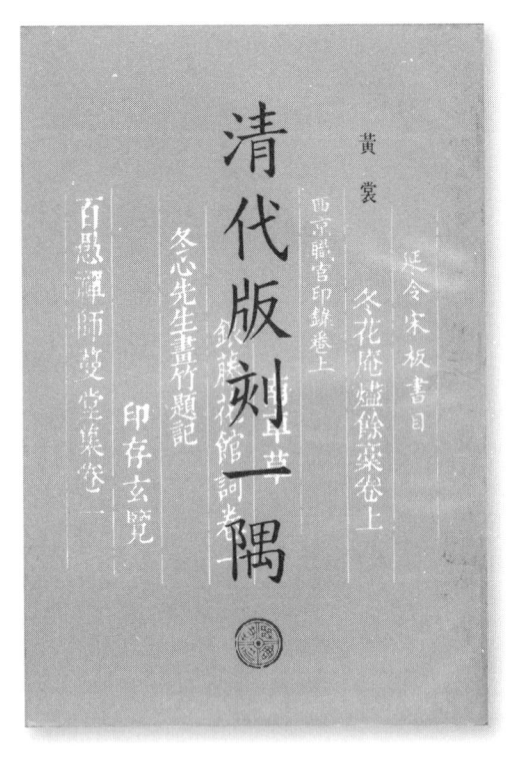

左图　齐鲁书社 1992 年 1 月初版（1996 年 3 月第二次印刷）
　　　印数：1000 册
　　　封面设计：王悦玉

右图　复旦大学出版社 2005 年 11 月初版
　　　字数：300 千字；印数：5100 册
　　　装帧设计：马晓霞

清代版刻一隅

目次：
增订本前言
序
顺治：咏怀古迹 / 七歌 / 萧尺木绘画楚辞 / 兼山集 / 选刻钓台集 / 梅道人遗墨 / 拙政园诗余 / 徵音诗集 / 吴越诗选 / 印存玄览 / 倚声初集 / 符山堂诗 / 靖康盗鉴录 / 峤雅 / 怀古堂诗选、游黄山记
康熙：秦淮杂诗、阮亭甲辰诗、入吴集 / 阮亭诗馀略 / 载书图诗 / 百愚禅师蔓堂集 / 丙寅北行日谱 / 读画录 / 字触 / 明月诗筒 / 雨泉龛合刻 / 东江集钞 / 炳烛斋稿 / 今词苑 / 葭溪集 / 香严斋词 / 荆溪词初集 / 陈岩野先生集 / 呆堂文钞 / 蘧庐诗 / 原诗内外篇 / 樗亭诗稿 / 巳畦集 / 无闷堂集 / 鹊亭乐府△ / 半园唱和诗 / 三百词谱 / 林下词选 / 凝香集 / 中藏集 / 翁山文钞 / 楝亭集 / 揖山集 / 出塞诗 / 梅庄文集△ / 始读轩文集 / 古香楼吟稿 / 憺园文集 / 岁寒咏物词 / 吕晚村先生家训真迹 / 梅雪堂诗稿 / 书馆闲吟 / 离骚辩 / 冈州遗稿 / 蓉槎蠡说 / 北山诗钞△ / 怀古堂诗选 / 瘗鹤铭考 / 天籁集 / 西湖梦寻 / 艺菊志 / 江泠阁集 / 泊斋集 / 秋林琴雅 / 铁门诗钞△ / 太璞山人集△ / 节必居稿 / 寒泉子石苞 / 匡庐集 / 柯庭文薮 / 曝书亭集、腾笑集 / 之溪老生集 / 南崖集△ / 南唐书 / 霞举堂集△ / 红萼轩词牌 / 经鉏堂杂著 / 药园诗稿、玲珑帘词 / 研溪先生诗集 / 鸡肋集 / 晤书堂诗稿 / 大山诗集 / 秌左堂集 / 晚唐诗钞 / 玉几山房吟卷 / 复古诗 / 晞发集

雍正：讬素斋集 / 吕晚村先生文集 / 濡雪堂集 / 绝妙好词 / 李义山七律会意 / 蓑笠轩仅存稿 / 摭怀稿△ / 方壶先生集 / 汪氏说铃 / 续茶经 / 雪泥鸿爪录 / 完玉堂诗集 / 南宋诗选

乾隆：琢春词 / 野鸿诗的 / 茶山老人遗集 / 王立父遗文 / 秋声馆吟稿 / 仇山村遗集 / 抱珠轩诗存 / 黄山纪游诗 / 小跛翁纪年 / 南坨诗稿△ / 蔗塘未定稿 / 北窗偶谈 / 忆旧游诗话 / 冬心先生画竹题记 / 澳门记略 / 巢林集 / 力本文集 / 环山诗钞 / 伊园诗存△ / 西京职官印录 / 出塞日记△ / 蔗余集△ / 绿荫槐夏阁词 / 橘巢小稿 / 幻花庵词钞 / 宝闲堂集 / 乐府补题 / 听弈轩小稿 / 影园瑶华集 / 瀛山笔记 / 东潜文稿 / 芦漪十一帖 / 补汉兵志 / 牡丹诗△ / 戒虚大师遗集 / 春华阁词 / 半舫斋古文△ / 读史提要录△ / 蜀迹辨 / 乐府传声 / 集唾编 / 菊谱 / 春雨楼集 / 乐游联唱集 / 读黄合志 / 金粟影庵词初稿 / 泛桨录 / 庚辛之间亡友列传 / 说诗晬语 / 烊掌录 / 曹州牡丹谱 / 碧箫词 / 诗词通韵△ / 爱日堂吟稿 / 华圃图志

嘉庆：第一香笔记 / 柳南偶钞△ / 西斋偶得 / 读书脞录续编 / 玉句草堂词 / 梅花喜神谱 / 延令宋板书目 / 冬花庵烬余稿 / 琴韵楼诗 / 银藤花馆词 / 存素堂文集 / 缃园烟墨著录 / 柯家山馆词 / 墨表 / 风怀镜 / 南车草 / 绿窗遗稿 / 生香馆诗词 / 爱日精庐藏书志 / 静好楼双兰记

道光：秋槎杂记△ / 尧言 / 奕载堂集 / 栖香阁词 / 玉壶山房词选 / 金谷遗音 / 晚闻居士遗集 / 南汉地理志、金石志 / 江南春 / 乔影 / 胡少师总集△ / 孤儿编 / 从政录 / 种榆仙馆诗钞 / 诉潎集 / 心向往斋诗集 / 安陆集 / 苕溪渔隐诗稿 / 餐花吟馆词钞△

咸丰：猫苑 / 听云仙馆西游感怀吟草△ / 鬼趣图题咏 / 雪烦山房集△ / 洗冤录详义 / 赵书天冠山诗帖 / 敦夙好斋诗续编 / 淮海秋笳集△ / 红楼梦酒筹

同治：依旧草堂遗稿 / 张力臣遗集 / 宋元旧本书经眼录△ / 芸香馆遗诗 / 唾绒馀草

光绪：东轩吟社画像 / 古均阁遗著 / 思痛记 / 食旧德斋杂著△ / 碧声吟馆谈尘△ / 澂霞阁诗略 / 日本杂事诗 / 藏书纪要 / 结一庐遗文

宣统：炳烛里谈△ / 梅村家藏稿 / 惜道味斋集 / 清刻之美（代跋）/ 清代版刻风尚的变迁

（带下划线，为复旦版新增；带△号者齐鲁版有、为复旦版删除）

  作者在 1985 年 2 月 20 日所写本书序中认为，清代雕版技术在明代的基础上又有长足发展，远超宋元，但尚未被重视，尤其是雕版工艺美术特色被长期忽略，本书出版有为清刻正名之功效。复旦版增订本前言中，作者解释："以'一隅'命名，意即在此不过说明原意只是从赏鉴出发，草草巡览有清三百年雕版成绩一过，略存鸿迹而已。"以图录形式著录出版物多以宋元刻为主，本书出版前，如此谈清刻的书还没有。复旦版增订本增收作者 2002 年所写《清代版刻风尚的变迁》一文。

榆下杂说

黄裳 著

上海古籍出版社

上海古籍出版社 1992 年 8 月初版
字数：193 千字；印数：2500 册

榆下杂说

目次：

关于祁承㸁——读《澹生堂文集》/ 不死英雄——关于张彦 / 关于周亮工 / 关于张远 / 齐如山的回忆 / 翻案文章 / 老板 / 爱书者 / 叔弢先生二三事

清刻之美 / 访书琐忆 /《前尘梦影新录》前记 /《清代版刻一隅》序 / 序《石头记会真》/ 三部书 / 张岱的《史阙》/ 几种版画书 /《明月诗筒》/《天津杂事诗》/ 记《咏梨集》/《锦瑟》/ 晚读书记 / 关于《藏书纪事诗》/ 读画记 / 读《戏考》/《双行精舍书跋辑存》/《书林琐记》及其他 / 四印斋 / 雍正与吕留良 / 查·陆·范 / 清代的禁书 / 几乎无事的悲剧 / 避讳的故事 / 名教罪人 / 禁本小记

来燕榭书跋 / 祁承㸁家书跋 / 书跋偶存

后记

  几年所写读书记，与《榆下说书》同类性质的"杂文"，区别是本书收更多偏重旧书的题跋，作者在后记中曾谈到理想中读书记的写法："我一直梦想能读到一种详尽而有好见解的读书记，除了介绍作者的身世、撰作的时代背景、书籍本身的得失、优点和缺点之外，还能记下版刻源流、流传端绪，旁及纸墨雕工，能使读者恍如面对原书，引起一种意想不到的书趣。但这样的读书记是太少了，或简直还不曾出现过。……在上述种种理想要求之中，最重要的是作者的识解。可以说这是读书记的灵魂。"

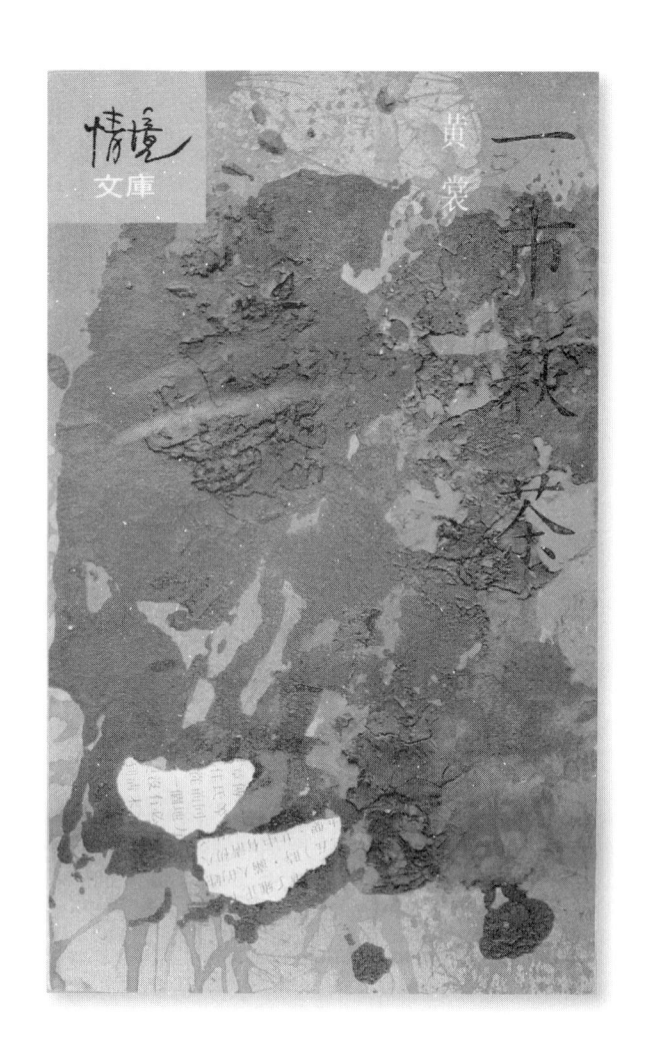

广东旅游出版社 1993 年 3 月初版
字数：175 千字；印数：2000 册
封面设计：庄小尖

一市秋茶

目次：
白门秋柳/宝鸡——广元
森林·雨季·山头人/金陵杂记［选］（小序/快园/随园/梅园/小虹桥/后湖/鸡鹅巷与裤子裆）
浣花草堂/虞山春
苏州的杂感［选］（花步/东山之美）/湖上小记［选］（湖上小记/苏曼殊及其他/"一市秋茶说岳王"）/白下书简［选］（秦淮拾梦记/献花岩/王介甫与金陵/扫叶楼/南唐二陵）/前门箭楼的燕子/采石·当涂·青山/新安江之雾/樱桃/小街/江村/淮上行/春游日记［选］（五日长安/天下雄关/敦煌）/诸暨/汉中书简/定军山下/还乡日记/两词人/十载狂名换苎萝
后记

  本书为情境文库之一种，作者所写的旅行记选编，后记中，作者对这些游记的写作背景做了介绍。

河里子集

HELIZIJI

黄裳 著

百花文艺出版社 1994 年 4 月初版
字数：252 千字；印数：1000 册
封面设计：陈新

河里子集（天津版）

目次：

黄鹤楼 / 江上日志 / 重访山城 / 五日长安 / 天下雄关 / 敦煌 / 春游杂感 / 诸暨 / 汉中书简 / 定军山下 / 东坡二题 / 宜兴之秋 / 三访扬州 / 豫行散记 / 还乡日记 / 两词人
关于巴金的事情 / 请巴金写字 / 关于《锦帆集》/ 读书生活杂忆 / 忆俞平伯 / 忆郑西谛 / 才人与学人 / 诗人的遗简 / 怀陈凡 / 一篇报导的产生——忆老舍 / 忆盖叫天 / 忆许姬传 / 胡适的一首诗 / 关于周作人 / 关于《知堂集外文》
品茶 / 酒话 / 买墨的故事 / 苏州的书市 / 琉璃厂故事 / 书的梦 / 旧书店 / 十竹斋笺谱 / 柳如是 / 河东君小像 / 关于《白蛇传》/ 关于方回 / 随笔四篇 / 秋山图 / 写在舞台边上 / 散文的路 / 姜德明《燕城杂记》序
谣谚 / "干扰" / 谈武侠小说之类 / 漫画源流"考" / 十年旧梦 / 隔山买牛 / 秦俑坑前 / 根在哪里 / 小议文物的"保管" / "怪话"与诗 / "表叔"的遐想 / 关于"挺经" / 中秋随笔 / 谈聂士成 / 读《江南园林态》/ "剃头"诗话 / 蟋蟀 / 四库全书的老账 / 封条种种 / 翻旧书 / 夜读偶记 / 读《辣味集》/《红楼梦》到底是谁写的

  本书内容提要说：收编近年所作随笔、杂感、小品文共72篇，"全书读来，言为心声，'新鲜、泼辣、没有脂粉笔'，一代散文名流的风骨赫然于目下"。

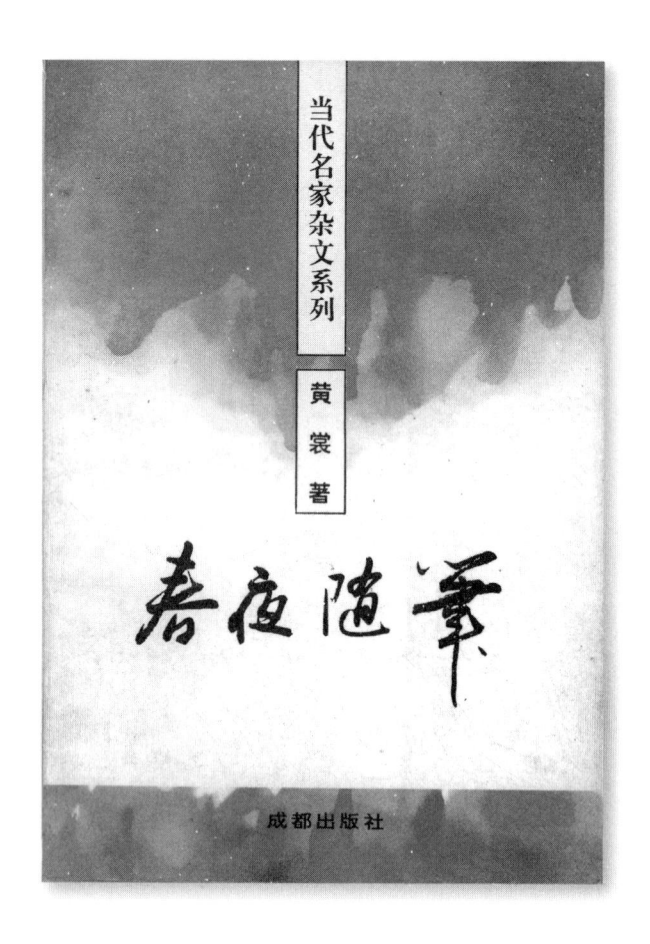

成都出版社 1994 年 10 月初版
封面题字：周明安；封面设计：张光明

春夜随笔

目次：
序：时代还需要杂文（马识途）
关于"知识产权" / 罗王之间 / 关于安桂坡 / 春夜随笔 / "新""旧"红学家——春夜随笔之二 / 关于"自叙说"——春夜随笔之三 / 麦克风之类——春夜随笔之四 / 说扬州 / 鲁迅与顾颉刚
读书的回忆 / 南开忆旧 / 记者生涯 / 我写游记 / 往事回忆——《舞台生活四十年》的诞生 / 书林漫话（与刘绪源对谈录）
卷蔰 /《玉君》与杨振声 / 沈兼士 / 三叶 / 天行山鬼 / 忆师陀 / 悼风子 / 忆钦源 / 弢翁遗札 / 记郭石麒 / 记徐绍樵 / 沈从文的信 / 故人书简——叶圣陶书二通 / 俞平伯遗诗 / 湖上访书记 / 四印斋 / 说《中国罕见书录》/ 六朝文絜 / 柳如是的几本书 / 蒹葭楼诗 / 太和正音谱 / 关于散文 / 反封建离不开旧戏 / 曹操的故乡 / 书缘 /《书前书后》序 / 漫谈题跋 / 漫话《桃花扇》/ 蟋蟀的书 / 老年与书 / 蟋蟀随笔两篇 / 尺八 / 话说西施 / 萧云从 / 秋柳 / 王渔洋遗诗 / 人参与烟草 / 说麻胡 / 龚自珍与魏源 /《围城》书话 /《围城》书话续

当代名家杂文系列之一种，作者杂文选本。

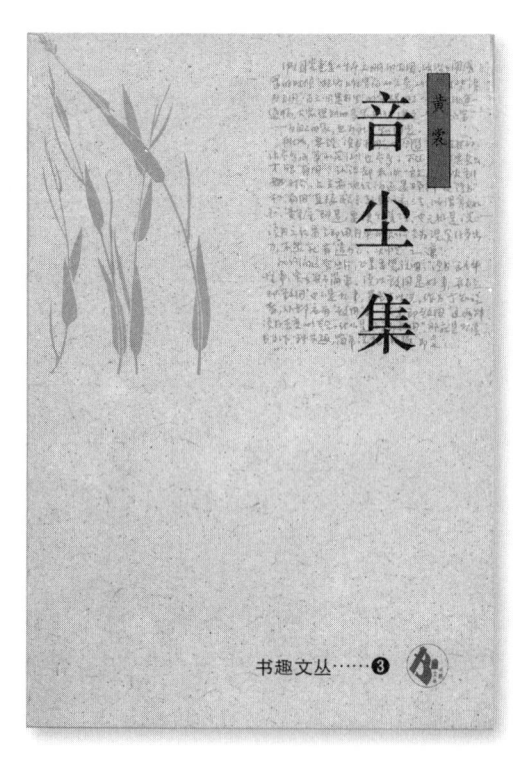

左图　辽宁教育出版社 1996 年 1 月初版
　　　字数：194 千字；印数：500 册
　　　美术编辑：谭成荫
　　　装帧设计：陶雪华

右图　辽宁教育出版社 1996 年 1 月第 1 版、1996 年 9 月
　　　第 2 次印刷本
　　　印数：501–10500 册

音尘集

目次：

锦帆集：断片 / 白门秋柳 / 过徐州 / 宝鸡——广元 / 成都散记 / 音尘 / 江上杂记 / "江湖"后记 / 后记 / 附：关于《锦帆集》

印度小夜曲：序曲 / 雨季 / 加尔各答 / 菩提加雅 / 群莺乱飞 / 弄蛇者 / 女人们 / 森林·雨季·山头人

关于美国兵：叙言 / 他们怎样看中国 / "中国通" / 人种·职业·人性的大集合 / 几个人物 / 中国将军怎样应付美国兵 / 美国兵与女人 / "伟大"的 S.O.S / 前线景象 / 咖啡与战斗力 / 种种惊异 / 军中文化 / 汽车团 / 为美国兵活着的人们 / 关于"翻译官" / 附：往事

后记

  书趣文丛第三辑之一种。收旧作《锦帆集》《关于美国兵》两种，"又曾写《印度小夜曲》八篇，系发表于施蛰存、周煦良两先生主编的《活时代》者，琐记旅印军中旧事可做补逸……"（见本书后记）据书趣文丛出版主持者俞晓群先生言，此书首印 500 册，为试读本，赠送作者和丛书编委，不曾对外发售。第二次印刷本才是实际向读者售卖的版本，1996 年 9 月第二次印刷本共印 10000 册。

北京出版社 1996 年 10 月初版
字数：235 千字；印数：10000 册
装帧设计：二可

黄裳书话

目次
序言（姜德明）
第一辑：书的故事/谈"集部"/谈"全集"/谈"题跋"/关于"提要"/插图/谈影印本/谈禁书/再谈禁书/清刻之美/四库全书的老账/罗王之间/看书琐记/读书生活杂忆
第二辑：关于《随想录》的随想/涉江词/海滨消夏记/张岱《琅嬛文集》跋/张岱的《史阙》/咏怀堂诗/北京诗话——京师百咏/一册纪念岳飞的诗集/附：补记/明月诗简/《拙政园诗余》跋/附：俞平伯跋/附：叶圣陶跋/几种版画书/四印斋
第三辑：萧珊的书/《先知》/傅增湘/马君武的诗/森玉先生纪念/关于刘成禺/钱牧斋/爱书者/叔弢先生二三事/弢翁遗札/老板/记郭石麒/记徐绍樵/关于祁承㸁——读《澹生堂文集》
第四辑：西泠访书记/访书/姑苏访书记/琉璃厂/琉璃厂故事/访书琐忆/苏州的书市/湖上访书记
选编后记（黄裳）

　　姜德明主编现代书话丛书之一种。孙郁在为本书所写的简介中说："先生钟情版本目录之学，探赜明清典籍，尤见功力，于古于今，无隔膜之感，所谈'善本'，'孤本'，多真知灼见，纵横古今，散淡飘逸，多为书林中妙语；而言及现代诸文人轶事，则洗练冲淡，如痴如醉。其所言多书话家肺腑之语，以人生为书，以书为人生，揭天下鲜知之旧闻，或乐古，或讽今，常有久历沧桑、冷眼看世之态，黄裳承'五四'遗风，辨伪、析真，锲而不舍，于混沌之中觅出新径，看似随意，而真义在焉。……黄裳书话，读之如清风朗月，林中甘泉，良多趣味，能不令我辈珍爱乎？"

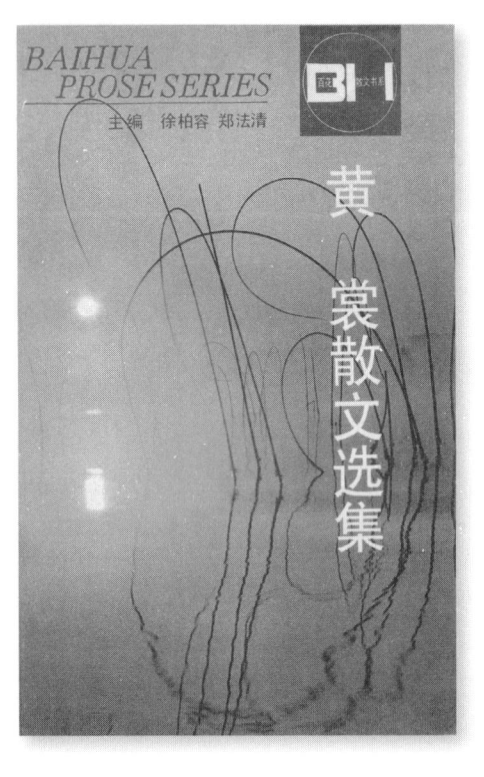

左图　1997 年 2 月 百花文艺出版社初版
　　　字数：208 千字；印数：15000 册

右图　百花文艺出版社 2012 年 3 月第 3 版
　　　字数：140 千字；印数：5000 册

黄裳散文选集

目次：

序言（陈惠芬）

第一辑：苏州的杂感 / 花步 / 虞山春 / 秋山图 / 诸暨 / 胥涛 / 杭州杂记 / 秦淮拾梦记 / 重过鸡鸣寺 / 采石·当涂·青山 / 淮上行 / 前门箭楼的燕子 / 黄鹤楼 / 浣花草堂 / 汉中书简 / 豫行散记 / 五日长安 / 天下雄关 / 樱桃

第二辑：两词人 / 张奚若与邓叔存 / 关于巴金的事情 / 老舍在北京 / 茅盾印象 / 冰心的手迹 / 宿诺

第三辑：品茶 / 读画记 / 漫画源流"考" / 水浒戏文与女人 / 书的故事 / 琉璃厂故事 / 江湖 / 书痴 / 随笔四篇 / 谈"掌故" / 芥川的话 / 妓院里的爱情 / "牛棚"与牛 / 写在舞台边上

　　徐柏容、郑法清主编百花散文书系·当代部分之一种。编者陈惠芬在序言中认为："他挥洒自如、富有个性的文体打破了散文体裁传统的分类，拓展了散文表现的空间；他的古今结合、史论结合的谈戏散文和说书散文继承了'五四'开创的自然、随意的'谈话风'以及其中包容的自由的精神和个性；他的以轻松而针砭犀利的社会随感杂文承续了鲁迅以来的杂文传统；而他的融山川、历史、人物于一体的游记散文则在一定程度上弥补了当代文坛文化底蕴的薄弱，疏散了滥情和庸碌浅俗的倾向。作为当代文坛上一位才学相兼的散文家，黄裳的笔长久地穿梭于历史和现实的广大世界中，涵盖古今，包罗万象，并不断以鲜明的文体独创和探索来拓深他对生活人生、社会历史和散文艺术本身的理解和发现，气象万千而诗意葱茏，体现了当代散文创作健康而有生气的一面。可以说，黄裳是当代文坛上几个可数的风格鲜明而才学相兼的散文家之一，他的散文创作如历史上一切才学统一的大家之作一样，具有悠久的历史文化价值。"

妆台杂记

黄裳 著

学术随笔文丛

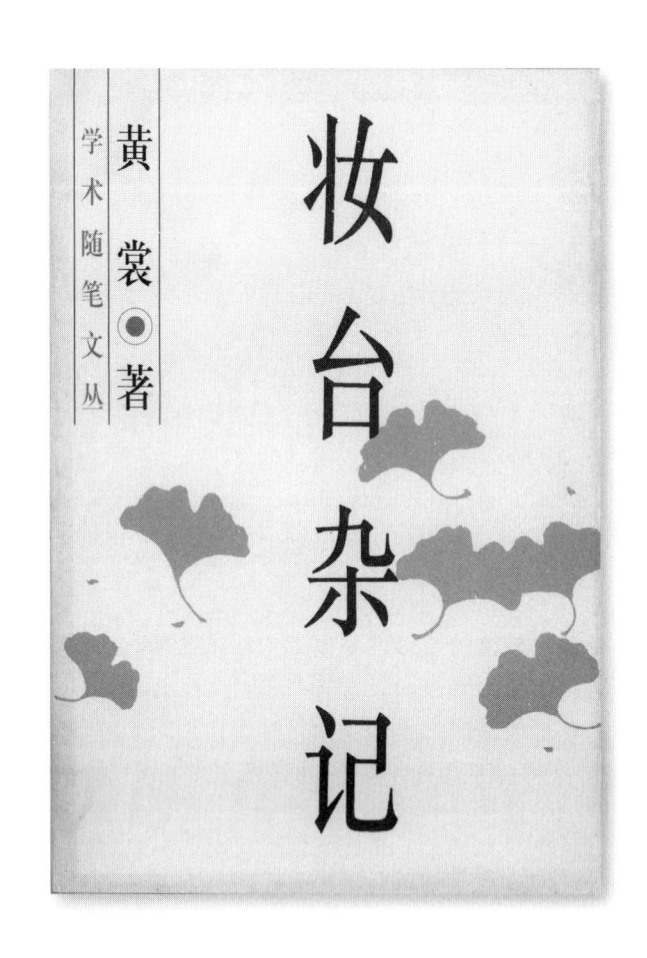

中国社会科学出版社 1997 年 3 月初版
字数：181 千字；印数：10100 册

妆台杂记

目次

一：陈圆圆 / 不是抬杠 / 关于《饯梅兰芳》/ 一点闲文 / 纪念厉慧良 / 读剧札记

二：文学家与数学家 / 手掌 / 好快刀 / 如梦记 / "算了！" / 诗之神秘 / 闲情 / 审查 / "冲冠一怒为红颜" / 谣谚 / 漫画源流考 / 隔山买牛 / "表叔"的遐想 / 关于"挺经" / 震俗

三："葫"中日月长 / 第三条道路 / 答葛剑雄先生 / 谈掌故 / 关于书话 / 马叙伦与《石屋馀渖》/ 读《石语》/ 关于林琴南 /《周叔弢传》序 / 许姬传的遗作 / 序《书林掇英》/ 故人书简——怀念叶圣陶 / 故人书简——沈从文 / 故人书简——钱锺书十四通

四：药渣 / 关于《金陵览古》/ 乌衣巷及其他 / 难忘的1945年 /1946年在南京 / 昆明杂记 / 五日长安

　　学术随笔文丛之一种。"妆台"，乃是作者在困窘年代时卖掉书桌，借用妻子梳妆台写字的"书桌"。本书所收"杂记"，长短皆有，读书录之外，尚有与他人论难文字。

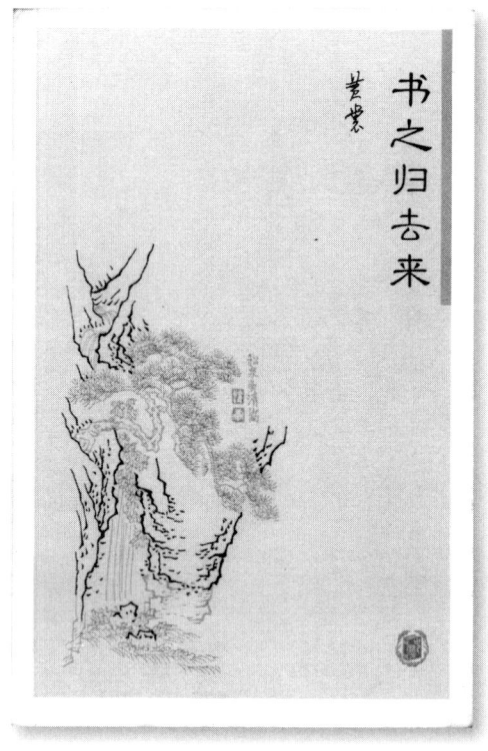

左图　湖北人民出版社 1997 年 8 月初版一印
　　　字数：248 千字；印数：8140 册

右图　中华书局 2008 年 1 月初版
　　　字数 250 千字；印数：5000 册

书之归去来

目次：

自叙 / 书的故事 / 古书的作伪 / 谈"善本" / 谈"题跋" / 谈禁书 / 再谈禁书 / 书痴 / 祭书 / 书之归去来 / 日记·日记文学·日记侦察学 / 谈"掌故" / 谈掌故 / 谈校对 / 禁本小记 / 谈武侠小说之类 / 谈影印本 / 谈"全集" / 翻旧书 / 访书 / 西泠访书记 / 姑苏访书记 / 西南访书记 / 西南访书续记 / 湖上访书记 / 访书琐忆 / 琉璃厂
记巴金 / 萧珊的书 / 忆俞平伯 / 沈从文和他的新书（读《中国古代服饰研究》）/ 关于《管锥编》的作者 / 忆马叙伦 / 忆郑西谛 / 忆许姬传 / 忆师陀 / 悼风子 / 郭沫若 / 朱佩弦 / 茅盾印象 / 许寿裳 / 冰心的手迹 / 诗人冯至 / 废名 / 忆李广田 / 关于周作人 / 故人书简——叶圣陶 / 故人书简——沈从文 / 故人书简——钱锺书 / 跋祁承𤐤《两浙古今著作考》稿本 / "葫"中日月长 / 关于《饯梅兰芳》/ 一点闲文 / 第三条道路 / 答葛剑雄先生 / 开风气的选辑

  人间书丛书之一种。中华书局本最后一辑末尾增收《忆旧不难》一篇，封底有内容提要："二十馀年来，黄裳先生著述联翩，每每为读书界称赏，尤为不少青年读者爱重。本书从作者的十馀种著述中萃选精华，辑为一册，展页览读，当怡然畅心，庶几可免搜检之劳。书中收录文字，一类乃'书的故事'，如《古书的作伪》、《谈"善本"》、《谈"题跋"》、《谈禁书》、《书痴》、《上海的旧书铺》、《访书记》等，娓娓而谈，风雅有致；一类乃怀人之作，追忆与巴金、俞平伯、沈从文、郑振铎、朱自清、冰心、废名等现代名家之交往，前辈风流，跃然纸上。又有数篇辩驳文字，以存历史真貌。"
  2008年中华版与湖北版内容相同。

黄裳 著
书林一枝
当代学者文史丛谈

本丛书谈文论史，纵贯古今，述人物、述秘事、述轶闻、述典章、烛幽洞微，各抒己见。随笔所至，见掌故，见识力，见趣味，见性情。

山西古籍出版社
山西教育出版社

山西古籍出版社 1998 年 1 月初版
字数：158 千字；印数：5000 册
装帧设计：冀建海；封面绘画：王平

书林一枝

目次：

《鸳湖曲》笺证——吴昌时事辑 / 附：补记 / 关于吴梅村 / 吴梅村《南湖春雨图》/ 张岱《琅嬛文集》跋 / 张岱的《史阙》/ 关于祁承㸁——读《澹生堂文集》/ 山阴祁氏家难始末——《远山堂曲品剧品校录》后记 / 一册纪念岳飞的诗集 / 附：补记 / 跋《城守筹略》/ 明代的火器——跋《利器集》/ 关于李因——跋《竹笑轩吟草》/ 女词人徐灿——《拙政园诗馀》/ 附：俞跋 / 叶跋 / 不死英雄——关于张缙彦 / 关于周亮工 / 关于张远 / 清代的禁书 / 生小说红楼 / 沈从文和他的新书——读《中国古代服饰研究》/ 禁本小记

　　当代学者文史丛谈之一种，目录前有《卷首絮语》："文史不分家，堪称治学古训。……有鉴于此，我社广邀名家，纵而谈史，横而论文，各出一集，合成丛书，名之曰《当代学者文史丛谈》，实则以随笔之体为文史知识之自由谈。""黄裳先生是早已享誉学界的。他不仅善于考据，散文随笔之妙，当今独步。先生著作甚多，此次专选一本文史随笔，是集考据与性情文字于一体的，既见功力，更见识力"。

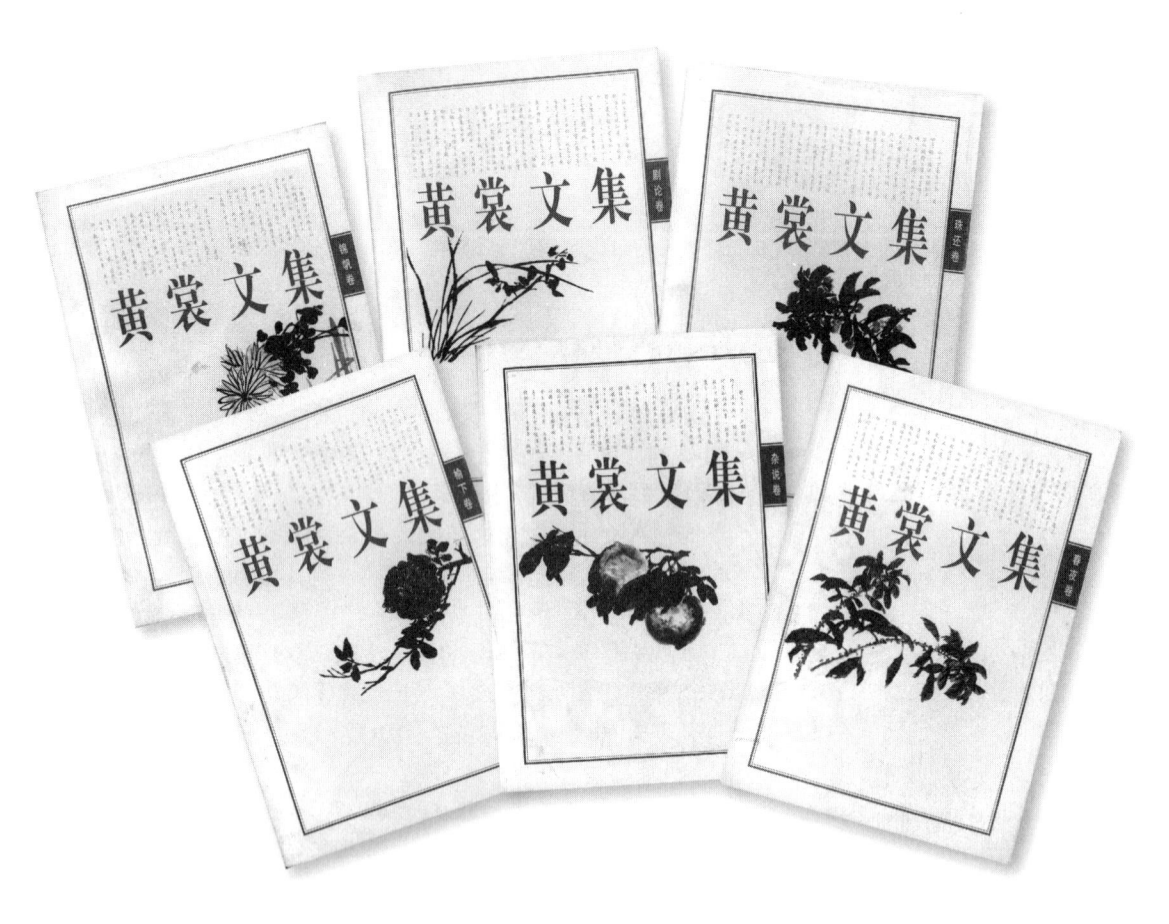

上海书店出版社 1998 年 4 月初版

总字数：3189 千字；印数：4000 册

封面设计：王震坤

特约编纂：刘绪源

  共分锦帆卷、剧论卷、珠还卷、榆下卷、杂说卷、春夜卷六卷。

黄裳文集

目次：
（1）锦帆卷
自序

锦帆集：断片／白门秋柳／过徐州／宝鸡——广元／成都散记／音尘／江上杂记／《江湖》后记／后记

锦帆集外：江上杂记／茶馆／桂林杂记／贵阳杂记／昆明杂记／凤／海上书简／跋《卖艺人家》／旅京随笔／关于鲁迅先生的遗书／风尘——记一个可爱的人／李林先生纪念／更谈周作人／老虎桥边看"知堂"／后记

金陵杂记：小序／半山寺与谢公墩／石观音寺／周处读书台／绛云书卷美人图／柳如是／快园／随园／梅园／小虹桥／鸡鹅巷与裤子裆／咏怀堂诗／梅花山／莫愁湖／明太祖与徐达／桃花扇底看南朝／马湘兰／记者生涯／豁蒙楼上看浓春／燕子矶／白鹭洲／后记

花步集：苏州的杂感（苏州的杂感／花步／文徵明及其他／访书／东山之美）／湖上小记（湖上小记／葛岭山居／苏曼殊及其他／怎样游湖／胥涛／于谦和张苍水／石屋随想／"一市秋茶说岳王"）／白下书简（秦淮拾梦记／重过鸡鸣寺／天王府的西花园／梅园／王介甫与金陵／莫愁湖／石巢园／扫叶楼／献花岩／南唐二陵／秦淮旧事／金陵杂记／采石·当涂·青山）／京华十日（前门楼的燕子／逛琉璃厂／夜访"大观园"／绣春囊是谁的？／猫虎同宗／访叶圣翁／忆赵斐云／在三里河／故宫）／早年行脚（过灌县·上青城／虞山春／老舍在北京／温特／游邓尉／新婚夫妇／浣花草堂）／后记

晚春的行旅：序／关于"游山玩水"／富春／山阴道上／东湖／沈园／兰亭／禹陵／青藤书屋／瑶琳／新安江之雾／春游杂感／钱柳的遗迹／九峰三泖／勺湖小记／江村／淮上行／南行琐记／深圳／东单日记／东单日记续篇／我看苏州／滇游日记——从昆明到大理／好水好山／天津二日

（2）剧论卷

旧戏新谈：徐序 / 吴序 / 章序 / 第一辑：评剧家 /"评剧家"之二 / 京白 / 叫好 /"十万春花如梦里"/ 关于川剧 / 关于违碍戏 /《水浒》戏文与女人 / 第二辑：《法门寺》/ 关于刘瑾 /《打渔杀家》/《连环套》/《盗御马》/ 小生三类 /《安天会》/《新安天会》/《春闺梦》/《青石山》/《朱痕记》/《四进士》/《美人计》/《回荆州》/《截江夺斗》/《祭江》/《西施》/《战宛城》/《骂殿》/ 关于《纺棉花》/《长坂坡》/《蝴蝶梦》/《金钱豹》/《一捧雪》/《灞桥挑袍》/《空城计》/《洗浮山》·《霸王庄》·《茂州庙》·《拿谢虎》/ 第三辑：《打樱桃》/《得意缘》/《雌雄镖》/《小放牛》/《花田错》/《嫁妹》/《戏凤》/《夜奔》/《别姬》/ 第四辑：饯梅兰芳 / 念小翠花 / 捧萧长华 / 怀侯喜瑞 / 谈郝寿臣 / 第五辑：论马谡 / 论蒋干 / 汤裱褙 / 再谈教师爷 / 诸葛亮与鲁肃 / 大白脸 / 小白脸 / 唐跛 / 后记 / 附：雨天杂写 / 补辑

谈《水浒》戏及其他：上辑：楔子 / 怎样看《水浒》故事 / 怎样处理水浒戏 / 论宋江 /《坐楼》/ 从《女吊》谈到《活捉》/《打渔杀家》/ 下辑：谈《打出手》/《四郎探母》/《双铃记》/《贩马记》/ 技巧的成熟 / 论精炼 / 漫谈布景 / 杂技的地位 / 关于武松 / 改版后记

《西厢记》与《白蛇传》：谈《西厢记》/ 关于《白蛇传》/《梁祝》杂记 / 公案剧杂谈 / 鲁迅先生对戏曲的一些意见——"三改"随笔之一 /《金锁记》——"三改"随笔之二 /《打鼓骂曹》——"三改"随笔之三 /《宝莲灯》——"三改"随笔之四 / 精简一下——"三改"随笔之五 / 谈"程式化"——"三改"随笔之六 / 梅兰芳的舞台艺术 / 应该有这样一部传记 / 民族戏曲艺术的伟大展览 / 后记

读剧随笔：谈《玉簪记》/ 谈《彩楼记》/ 读清人《戏剧图册》漫笔（一、《空城计》/ 二、《牧羊圈》/ 三、《取荥阳》/ 四、《回龙阁》/ 五、《五雷阵》/ 六、《凤鸣关》）/ 谈《恶虎村》/ 演员的气质 / 谈《长坂坡》/ 辛辣的喜剧——谈赣剧《借靴》/ 汉水上吹来的春风 / 看《拜月记》/ 看了《于谦》以后 /《痴梦》/ 江湖——读《闯江湖》/ 反封建与传统戏 / 随感 / 朱翁子 / 谈曲话 / 古典舞台——吴门读曲记之一 / 临去秋波——吴门读曲记之二 /"案头"与"场

上"——吴门读曲记之三/白描——吴门读曲记之四/柳梦梅
关于川剧：看戏小记五篇（小叙/《铁冠图》/《逼霸》/《打金枝》/《归正楼》/《孙琳逼宫》）/川剧随笔四篇（首先想起的/《放裴》/《芙奴传》/《吵闹》）
"人间说戏"及其他：反封建离不开旧戏——人间说戏之一/衙内——人间说戏之二/难答的问题——人间说戏之三/脸谱——人间说戏之四/二丑——人间说戏之五/舞台上的曹操——人间说戏之六/又说曹操——人间说戏之七/《战宛城》——人间说戏之八/《思春》——人间说戏之九/打出手——人间说戏之十/洁癖——人间说戏之十一/《一捧雪》的启示——人间说戏之十二/审头——人间说戏之十三/《挂帅》——人间说戏之十四/《得意缘》/瞻望新歌剧/《渔夫恨》及其他/谈戏/"歌台忆旧"之忆旧/白昼打斗/刘备·孙权·贾化/贾桂思想/为宋士杰恢复名誉/芥川的话/胡芝风带来的风/读剧札记/附：《黄裳论剧杂文》跋

（3）珠还卷
"杂文复兴"及其他：杂文复兴/谜底/一念之微/谈"癖"继续走鲁迅的路珠还记幸：小引/郭沫若/朱佩弦/茅盾印象/许寿裳/乔大壮/冰心的手迹/王剑三/诗人冯至/废名/周乔峰/海内存知己/忆李广田/浦江清/槐痕/老树/涉园主人/盍山一老/自庄严堪/秋明室/马叔平/五石居士/贺昌群/《卷葹》/《玉君》与杨振声/沈兼士/三叶/天行山鬼/润例及其他/《无题》/宿诺/张奚若与邓叔存/谈"掌故"/别时容易/《别时容易》续篇/傅增湘/琉璃厂/谈影印本/谈"全集"/读画记/北京诗话/春夜随录/关于地方文献的出版/谈校对/吴泰昌《文苑随笔》序/天津在回忆里/香山的树/结婚/橙子/必胜/煞风景/忆侯喜瑞/"英雄自古出渔樵"/后记
负暄录：随笔八篇（嗲、灯戏、古书装裱的绝活、帮腔、纸、选秀女法、《卷庵书跋》/龙凤合挥）/记巴金/过去的足迹——吴晗纪念/徐森玉与《花间集》/森玉先生纪念/从吴恩裕逝世想起/《负暄录》/关于《入蜀记》/博与约/蒋子文及其他/吴仓硕小笺/关于"寒柳堂诗"/思索/忆马叙伦/作家的手迹/孟心史/关于罗文干/关于陈寅恪/《珠还集》后记/漫笔二十二篇（"英雄"的"所见"/打算盘/"物美价廉"/错字/转化/城墙是布做的/师说/贬低/速度/专家/"定本"/交流/翻身/茶馆/反串/邀角/俞曲园何人/动脑筋/翻筋斗/结账/闲言语/标点古书不易）/钱牧斋/关于刘成禺/弢翁纪念/诗人——读《闲居集》/周忱/《日出》及其他/应该有一部《首都志》/暑热草

惊弦集："牛棚"与牛/"作家"的进化/文学家与数学家/"这也是生活"/妓院里的爱情/鬼恋/手掌/"好快刀"/"文责自负"/如梦记/"打差别"/戏法/月下老人的诗签/长官意志/弭谤/诚则灵/我的端砚/油焖笋/音容宛在/"德寿宫中写洛神"/杂文与骂人/哈哈镜/雄谈/"是吗？"/"算了！"/相骂/照相/做文章/"危险的行业"/戌年谈狗/"雅贼"/升级与降级/"基本属实"/治僵化法/从"老鼠"想到"弄权"/不倒翁/毛笔/帮倒忙/配套/报春/天一阁墨/"津门旧事"/"书简文学"/也谈"知足常乐"/知识的价值/论"海派"/节奏/分寸/小辫子/格言、成语及其他/神与人/家谱/再论"海派"/怀油条

笔祸史谈丛：雍正与吕留良/"名教罪人"/宽严之间/"隔膜"及其他/"几乎无事的悲剧"/违碍种种/讳的故事/清代的禁书/禁书小记/查·陆·范/"光棍"的诗集/后记

（4）榆下卷

榆下说书：书的故事/古书的作伪/西泠访书记/谈善本/谈题跋/谈集部/谈禁书/再谈禁书/书痴/祭书/《鸣凤记》/残本·复本/陈圆圆/杨龙友/插图/晚明的版画/关于柳如是/书之归去来/《金瓶梅词话》的故事/萧珊的书/《先知》/江湖/阿英的一封信/《革命者的乡土》/日记·日记文学·日记侦察学/论焦大/话说乌进孝/古槐书屋/碧蕖馆/《版画丛刊》及其他/往事回忆/陈寅恪/寒柳堂的消息/槐聚词人——一篇积压了三十年的报道/关于《管锥编》的作者/绣鞋/春灯燕子/马瑶草/消夏录/关于《随想录》的随想/涉江词/善本的标准/诸葛的锦囊/怕鬼的故事/西太后与现代化/慈禧太后吃饭/韩信的哲学/"蠧鱼"的悲与喜/关于陈端生二三事/放翁诗/后记

银鱼集：绝代的散文家——张宗子/张岱《琅嬛文集》跋/关于张宗子/关

于余淡心 / 余淡心与金陵 / 关于吴梅村 /《鸳湖曲》笺证——吴昌时事辑 /《笺证》补记 / 吴梅村《南湖春雨图》/ 再说《咏怀堂诗》/ 海滨消夏记 / 不是抬杠 / 姑苏访书记 / 西南访书记 / 西南访书续记 / 读《一氓题跋》/ 生小说《红楼》/ 沈从文和他的新书——读《中国古代服饰研究》/ 关于《提要》/ 阿英与书 / 淡生堂二三事 /《远山堂明曲品剧品校录》后记 /《天一阁被劫书目》前记 / 梅花墅 / 后记

翠墨集：一册纪念岳飞的诗集 / 跋《城守筹略》/ 跋《利器解》/《拙政园诗馀》跋 / 跋《竹笑轩吟草》/ 记王茂远《柳潭遗集》未刻逸文 / 南田少年时事琐记 / 再记南田少年时事——读《赖古斋文集》/《风怀诗》案 / 汪景祺遗诗——跋《读书堂诗集》稿本 / 关于金冬心 / 藏书题跋 / 残本九种题记 / 云烟过眼新录 / 题跋之外 / 题跋一束 / 后记

（5）杂说卷

榆下杂说：关于祁承爜——读《淡生堂文集》/ 不死英雄——关于张缙彦 / 关于周亮工 / 关于张远 / 齐如山的回忆 / 翻案文章 / 老板 / 爱书者 / 叔弢先生二三事 / 清刻之美 / 访书琐忆 /《前尘梦影新录》前记 /《清代版刻一隅》序 / 序《石头记会真》/ 三部书 / 张岱的《史阙》/ 几种版画书 /《明月诗简》/《天津杂事诗》/ 记《咏梨集》/《锦瑟》/ 晚读书记 / 关于《藏书纪事诗》/ 读《戏考》/《双行精舍书跋辑存》/《书林琐记》及其他 / 四印斋 / 来燕榭书跋 / 祁承爜家书跋 / 书跋偶存 / 后记

翠墨馀编：水分 / 怀素《食鱼帖》/ 关于包公的断想 / 功德无量 / 诗之神秘 /《书边草》序 / 明清法书观赏 / 散文与杂文 / 闲情 /《金瓶梅》及其他 / 暑热草 / 审查 / 看书琐记 / 盛况的变迁 / 朦胧 / "冲冠一怒为红颜" / 一个希望 / 人言可畏 / 马君武的诗 / 一夜北风紧 /《红楼梦》与电视剧 / 小说与优生学 / 曹雪芹的头像 /《老人的胡闹》

河里子集：黄鹤楼 / 江上日志 / 重访山城 / 五日长安 / 天下雄关 / 敦煌 / 春游杂感 / 诸暨 / 汉中书简 / 定军山下 / 东坡二题 / 宜兴之秋 / 三访扬州 / 豫行散记 / 还乡日记 / 两词人 / 关于巴金的事情 / 请巴金写字 / 读书生活杂忆 / 忆俞平伯 / 忆郑西谛 / 才人与学人 / 诗人的遗简 / 怀陈凡 / 一篇报道的产生——

忆老舍 / 胡适的一首诗 / 关于周作人 / 关于《知堂集外文》/ 品茶 / 酒话 / 买墨的故事 / 苏州的书市 / 琉璃厂故事 / 书的梦 / 旧书店 / 十竹斋笺谱 / 柳如是 / 河东君小像 / 关于《白蛇传》/ 关于方回 / 随笔四篇 / 秋山图 / 散文的路 / 姜德明《燕城杂记》序 / 谣谚 / "干扰" / 谈武侠小说之类 / 漫画源流"考" / 十年旧梦 / 隔山买牛 / 秦俑坑前 / 根在哪里 / 小议文物的"保管" / "怪话"与诗 / "表叔"的遐想 / 关于"挺经" / 中秋随笔 / 谈聂士成 / 读《江南园林态》/ 震俗 / "剃头"诗话 / 蟋蟀 /《四库全书》的老账 / 封条种种 / 翻旧书 / 夜读偶记 / 读《辣味集》/《红楼梦》到底是谁写的 / 后记

（6）春夜卷
春夜随笔：关于"知识产权" / 罗王之间 / 关于安桂坡 / 春夜随笔 / "新""旧"红学家——春夜随笔之二 / 关于"自叙说"——春夜随笔之三 / 麦克风之类——春夜随笔之四 / 说扬州 / 鲁迅与顾颉刚 / 读书的回忆 / 南开忆旧 / 记者生涯 / 我写游记 / 往事回忆——《舞台生活四十年》的诞生 / 书林漫话——与刘绪源对谈录 / 忆师陀 / 悼风子 / 忆钦源 / 弢翁遗札 / 记郭石麒 / 记徐绍樵 / 沈从文的信 / 故人书简——叶圣陶书二通 / 俞平伯遗诗 / 湖上访书记 / 说《中国罕见书录》/《六朝文絜》/ 柳如是的几本书 /《蒹葭楼诗》/《太和正音谱》/ 关于散文 / 老年与书 / 序老烈《诗文会》/ 曹操的故乡 / 书缘 /《书前书后》序 / 漫谈题跋 / 漫话《桃花扇》/ 蟋蟀的书 / 再谈蟋蟀的书 / 随笔两篇 / 尺八 / 话说西施 / 萧云从 /《秋柳》/ 王渔洋遗诗 / 人参与烟草 / 说麻胡 / 龚自珍与魏源 /《围城》书话 /《围城》书话续
印度小夜曲：序曲 / 雨季 / 加尔各答 / 菩提加雅 / 群莺乱飞 / 弄蛇者 / 女人们——THE UNTOUCHABLES/ 森林·雨季·山头人——雷多杂记
关于美国兵：叙言 / 他们怎样看中国 / "中国通" / 人种·职业·人

性的大集合 / 几个人物 / 中国将军怎样应付美国兵 / 美国兵与女人 / "伟大"的 S.O.S / 前线景象 / 咖啡与战斗力 / 种种惊异 / 军中文化 / 汽车团 / 为美国兵活着的人们 / 关于"翻译官" / 附：往事

继往开来的艺术大师：《宇宙锋》——看梅兰芳的三出戏文一 /《醉酒》(附《醉酒>小记》——看梅兰芳的三出戏文之二 /《穆柯寨》——看梅兰芳的三出戏文之三 /《别姬》/ 继往开来的艺术大师 /《忆艺术大师梅兰芳》序 / 忆许姬传 / 和盖叫天先生在一起（上）/ 和盖叫天先生在一起（下）/ 祝贺盖老舞台上的花甲生日 / 谈《快活林》/ 重演《恶虎村》——湖上的哀思 / 忆盖叫天 / 周信芳先生的艺术成就 / 怀周信芳 / 周信芳之死 / "正是江南好风景" / 江南俞五

写在舞台边上：捉放曹 / 长坂坡 / 龙凤呈祥 / 空城计 / 追信 / 杨排风 / 穆柯寨 / 拾玉镯 / 大审 / 四进士 / 杀家 / 铁弓缘 / 十三妹 / 拜山 / 审头 / 金殿 / 奇双会 / 惊梦 / 痴梦 / 醉酒

近作偶拾：来燕榭书跋（11 则）/ 振绮堂书目 / 跋祁承爜《两浙古今著作考》稿本 / 书丛杂拾（4 则）/ 书跋偶存（3 则）/ 故人书简 / 绿雪亭杂言 / 关于《金陵览古》/ 乌衣巷及其它 / 马叙伦与《石屋馀渖》/ 谈掌故 / 药渣 /《周叔弢传》序 / 序《书林掇英》/ 读《花间新集》/ "葫"中日月长 / 许姬传的遗作 / 读《绿色呐喊》/ 画里的钟进士 / 闲话《三国》/ 纪念厉慧良 / 关于《饯梅兰芳》/ 一点闲文 / 第三条道路 / 答葛剑雄先生 / 梦里的成都 / 难忘的 1945 年 /1946 年在南京 / 关于书话 / 拟《书话》（8 篇）

  此为黄裳第一部多卷本作品集，1996 年以前的著作几乎尽收于此。

浙江文艺出版社 1998 年 5 月初版

字数：286 千字；印数：15000 册

封面设计：梁珊；封面题字：黄裳；封面画：韩黎坤

黄裳散文

目次：

昆明杂记 / 茶馆 / 鸡鸣寺 / 重过鸡鸣寺 / 秦淮拾梦记 / 王介甫与金陵 / 采石·当涂·青山 / 杭州杂记 / 苏曼殊及其他 / "一市秋茶说岳王" / 新安江之雾 / 前门箭楼的燕子 / 夜访"大观园" / 过灌县·上青城 / 钓台 / 淮上行 / 五日长安 / 还乡日记

关于柳如是 / 钱柳的遗迹 / 绝代的散文家——张宗子 / 海滨消夏记 / 查·陆·范 / 雍正与吕留良 / "名教罪人" / 鲁迅与顾颉刚 / 东坡二题 / 琉璃厂 / 谈校对 /《前尘梦影新录》序 / 老板 / 海内存知己 / 宿诺 / 过去的足迹 / 忆郑西谛 / 请巴金写字 / 品茶 / 绣鞋 / 消夏录 / 诗之神秘

朱翁子 / 十万春花如梦里 / 关于刘瑾 / 再谈教师爷 / 小白脸 /《战宛城》/《思春》/ 饯梅兰芳 / 关于《饯梅兰芳》/ 鬼恋 / 手掌 / 好快刀 / 如梦记 /《负暄录》/ "算了！" / 升级与降级 / "表叔"的遐想 / 震俗 / 第三条道路

  浙江文艺出版社同时期出版了一套现当代作家的散文集，本书为其中一种，看篇目当为作者自选。

新世纪出版社 1998 年 10 月初版
李家平编
字数：130 千字；印数：5000 册

秦淮拾梦记

目次：
前言（李家平）
散文：音尘 / 茶馆 / 浣花草堂 / 过灌县·上青城 / 虞山春 / 怎样游湖 / 胥涛 / 于谦和张苍水 / 秦淮拾梦记 / 重过鸡鸣寺 / 天王府的西花园 / 王介甫与金陵 / 莫愁湖 / 石巢园 / 前门箭楼的燕子
杂文：手掌 / 好快刀 / "文责自负" / 打差别 / 戏法 / 月下老人的诗签 / 长官意志 / 弭谤 / 诚则灵 / 油焖笋 / 音容宛在 / 雄谈 / 相骂 / 照相 / 升级与降级 / "基本属实" / 从"老鼠"想到"弄权"
论剧：京白 / 叫好 / "十万春花如梦里" / 水浒戏文与女人 / 法门寺 / 打渔杀家 / 连环套 / 盗御马 / 西施 / 小放牛 / 饯梅兰芳 / 捧肖长华 / 怀侯喜瑞 / 论马谡 / 论蒋干 / 汤裱褙 / 再谈教师爷 / 诸葛亮与鲁肃 / 打鼓骂曹 / 论"程式化"
书话：琉璃厂故事 / 访书琐忆 / 苏州的书市 / 湖上访书记

　　季羡林主编、傅光明执行主编学者小品经典第二辑之一种。编者前言中称黄裳的散文随笔丰腴厚实、鲜活好看。

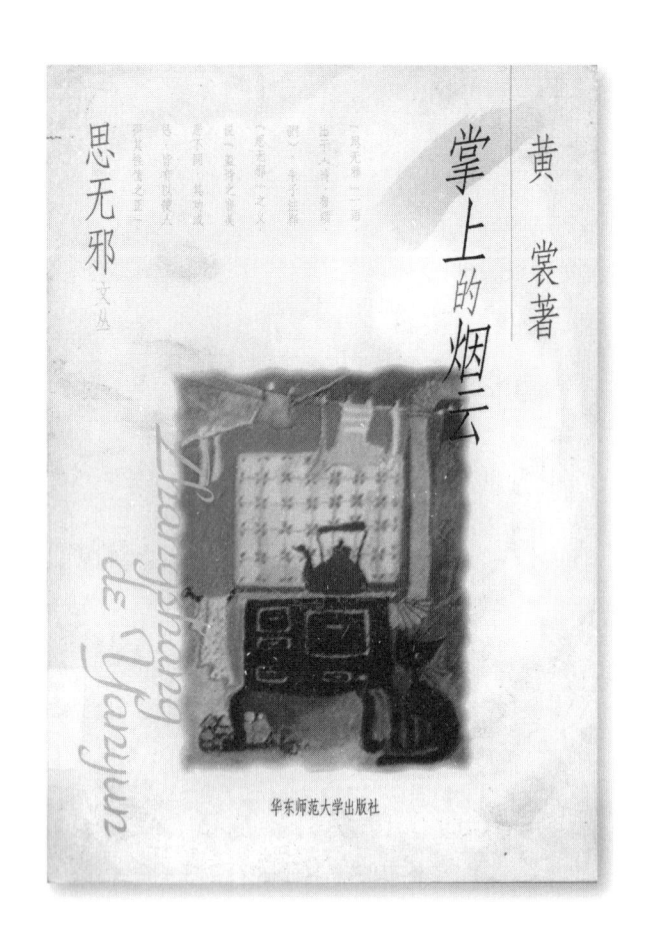

华东师范大学出版社 1998 年 12 月初版
字数：247 千字；印数：5000 册
封面设计：陆震伟

掌上的烟云

目次：
《思无邪文丛》小引（朱杰人）
关于杨龙友 / 陈之遴与吴梅村 / 关于"髯参军" / 关于张宗子 /《西湖梦寻》跋 / 影园遗事 / 关于金冬心 / 关于花之寺僧 / 小狮道人诗 / 也记方环山 / 谈天一阁 / 谈"小绿天" / 大风堂书画录 / 古书作伪种种 / 胡适之与水经注 / 看戏随感 / 识小录（读者学 / 观众学 / 书的命运）/ 两种《赵氏孤儿》/ 不解 / 文学与出气 / 第三条道路 / 灯下杂谈（外宾鼓掌论 / 阿斗 / 三岔口与雁荡山 / 论持平）/ 反封建离不开旧戏 /《壮岁集》跋 / 探寻与研究 / 木刻水印种种 / 梦里的成都 / 谈"山人气" / 访傅斯年 / 故人书简——忆汪曾祺 / 掌上的烟云
题跋之外 / 题跋一束 /《锦帆集》后记 / 往事 /《锦帆集外》后记 /《旧戏新谈》后记 /《金陵五记》后记 /《榆下说书》后记 /《银鱼集》后记 /《翠墨集》后记 /《珠还记幸》后记 /《黄裳论剧杂文》后记 /《山川·历史·人物》后记 /《晚春的行旅》序 / 为《晚春的行旅》写的后记 /《河里子集》后记 /《前尘梦影新录》前记 /《清代版刻一隅》序 / 清刻之美 /《黄裳书话》后记
来燕榭书跋（57篇）：琅嬛文集 / 余怀集三种 / 汲古阁书目两种 / 黄诗内篇 / 所知录 / 杜工部集 / 林下词选 / 远山堂曲品剧品 / 诸葛武侯十六策 / 兼山集 / 李翰林诗集 / 符山堂诗 / 太和正音谱 / 范运吉传 / 宦辙联句 / 澹生堂外集 / 张小山小令 / 参订仙传外科秘方 / 杨曰补二种 / 广川画跋 / 四如黄先生文稿 / 腾笑集 / 城守筹略 / 陈章侯绘像楚辞 / 绝妙好词 / 劝影堂词 / 瘗鹤铭考 / 元氏长庆集 / 三辅黄图 / 杜律单注 / 华阳国志 / 默庵遗稿 / 民抄董宦纪略 / 高峣十二景诗 / 韩诗外传 / 诗林广记 / 西山纪游 / 仁山金先生文集 / 洛阳伽蓝记 / 汪水云诗 / 楚辞 / 绿窗小史 / 翁山文钞 / 松邻遗集 / 汪方壶集 / 绝妙好词 / 潜夫论 / 六朝文絜 / 通志堂集 / 唐词纪 / 白石诗钞词钞 / 姜白石集 / 湘弦别谱 / 杨太真外传 / 离骚草木疏 / 通典 / 吴越诗选 / 后记

作者读书记、序跋和书跋选本。

古吴轩出版社 1999 年 2 月初版
字数：138 千字；印数：5000 册
装帧设计：周晨

小楼春雨

目次：

虞山春 / 游邓尉 / 苏州的杂感 / 花步 / 文微明及其他 / 东山之美 / 钱柳的遗迹 / 访书 / 姑苏访书记 / 苏州的书市 / 我看苏州 / 宜兴之秋 / 秋山图 / 江村 / 诸暨 / 富春 / 春游杂感 / 关于柳如是 / 河东君小像 / 钱牧斋 / 梅花墅 / 常熟听书记 / 吴门读曲记 / "歌台忆旧"之忆旧 / 访叶圣陶翁 / 故人书简 / 槐痕 / 忆俞平伯 / 后记

　　王稼句策划忆江南丛书之一种，编选作者写江南古迹、人物文章，作者在后记中说："陆放翁诗'小楼一夜听春雨，深巷明朝卖杏花'，寥寥十四字，把江南的神魄一下子都描摹尽了，远胜于千言万语的声说。借了来做书名，实在是这本小书的光宠。"

左、中图　上海古籍出版社 1999 年 5 月初版
　　　　字数：316 千字；印数：3000 册

右图　《来燕榭书跋》增订本，中华书局 2011 年 6 月初版
　　　字数：300 千字；印数：5000 册

来燕榭书跋

目录

　　易测 / 礼记集说 / 诗经集注 / 尔雅吴元恭本 / 尔雅 / 埤雅 / 说文凝锦录 / 世说新语 / 盐铁论 / 楚辞元刻残本 / 陈章侯绘像楚辞 / 萧云从绘像楚辞 / 楚辞集解 / 离骚草木疏 / 屈宋古音义 / 后汉书 / 华阳国志 / 诸葛武侯十六策 / 人物志 / 洛阳伽蓝记 / 六朝文絜 / 六朝声偶集 / 陶渊明集 / 陶靖节诗集 / 陶诗集注 / 弘明集 / 瘗鹤铭考 / 唐文类 / 杜工部集 / 杜工部诗集 / 杜工部诗 / 杜律单注 / 李白诗类编 / 李义山诗集 / 李翰林诗集 / 元氏长庆集 / 韩诗外传 / 唐欧阳先生文集 / 唐词纪 / 韩君平集 / 寇忠愍公诗 / 遗山先生诗集 / 五国故事、三楚新录 / 皇朝文鉴 / 文正公尺牍 / 宋姜白石集 / 白石诗钞词钞 / 苏文忠公集 / 欧苏手简 / 稼轩长短句 / 黄诗内篇 / 莆阳黄御史集 / 岳忠武王庙名贤诗 / 武林旧事 / 杨太真外传 / 六经图 / 中兴间气集、河岳英灵集 / 野客丛书 / 绍兴十八年同年小录 / 中吴纪闻 / 通典 / 演山先生文集 / 潜夫论 / 所知录 / 梦粱录 / 梅花喜神谱 / 诗人玉屑 / 花间集 / 花庵词选 / 绝妙好词（项氏本）/ 绝妙好词（柯氏本）/ 双崖文集 / 诗翼 / 诗林广记／中州启劄／远山堂曲品剧品／曲律／太和正音谱／琵琶记／三辅黄图／胡震亨著作二种／睎颜先生诗集／龙云先生文集／祁宗规奏疏／西湖梦寻／梦忆／嬽文集／梦溪笔谈／剧谈录／灵棋经／谰言长语／霏雪录／广川画跋／草书集韵／鸣鹤馀音／归田诗话／岳麓书院石壁禹碑集／绿雪亭杂言／两山墨谈／张小山小令／禄嗣奇谈／四如黄先生文稿／馀庆录／兰雪集（嘉靖本）／谈野翁试验小方／赵府刊医籍三种／参订仙传外科秘方／本草乘雅半偈／养正图解／林泉随笔记／陕西四镇军马数／范运吉传／解颐新语／宦辙联句／西山纪游／祝氏小集／葛氏书目／汲古阁书目两种／人镜阳秋／两浙古今著作考／利器解／草堂诗馀／孤树裒谈／澹生堂全集／澹生堂外集／指月录／禅悦内外合集／江村筒寄／绿窗小史／明状元图考／罗汉十八相／城守筹略／平海图／青楼韵语／兰雪集（鲍校本）／凫藻集／白厓先生集／杨升庵诗／高峣十二景诗／张愈光诗文选／江南春／玉厓诗集／杨名父早朝诗／缙云集／许自昌诗／顾子方诗集／金刚般若波罗蜜经论／赤雅／雨泉龛合刻／甫里高阳家乘／王常宗集／腾笑集／通志堂集／兼山集十卷／张缙彦集三种／竹斋诗集／梅道人遗墨／竹笑轩吟草／倚声初集／吴越诗选／余怀集三种／十六家词名家词钞／秋林琴雅／香胆词选／劝影堂词／林下词选／瑶华集／草堂嗣响／今词苑／哂园杂录／半园唱和诗／怀古堂诗选／杨曰补二种／默庵遗稿／钱牧斋先生尺牍／符山堂诗／蓬庐诗／巳畦集／读书堂诗集／大山诗集／小方壶存稿／经钮堂杂著／木厓集／江泠阁诗／屈翁山诗集／翁山文钞／曝书亭集／鸡肋集／汪方壶集／仁山金先生文集／西斋三种／春融堂集／白下集／听松楼遗稿／芙蓉

池馆诗草／冬心先生集／沽上醉里谣／弹指词／白云集／冰玉山庄诗集／在亭丛稿／蔗塘未定稿／蓑笠轩仅存稿／春雨楼集／爱日堂吟稿／宝闲堂集／沙河逸老小稿／南斋集／二妙集／汪水云诗／私史纪事／金石契／飞白录／孤儿编三卷／湘弦别谱／张亟斋选集／松邻遗集／谈往／民抄董宦纪略／壬癸集／陈师曾遗诗／后记

作者在1999年1月2日所作后记中说："余购书喜作跋语，多记得书始末，亦偶作小小考订，皆爱读之书也。""此册颇似日记，旧游踪迹，略俱于是。湖上吴下访书，多与小燕同游，扎尾书头，历历可见。"1998年夏天，妻子卧病，照顾之余，作者以誊录书跋自遣，遂有此书。如今妻子去世，作者回忆当年与妻子同访书并共读情景，"怆痛何已。即以此卷，留为永念"。中华书局本增"补编"15则和后记一则，详目如下：滇南书录／三国志六十五卷／唐皮日休文薮十卷／读有用书斋藏书提要／圭峰续集十五卷／柳塘外集二卷／莆阳知稼翁集二卷／芙蓉镜孟浪言（存二集 幻部）／约言／晏子春秋二卷／钓台集二卷／宋唐义士传辨义录（附唐氏原谱）／《书林掇英》序／续侠义传／毛诗指说。

新版又增《后记》，回忆自己购买新旧图书经历，并阐明对书跋的看法："我一直是写散文的。书跋在我看来也是散文，并无二致。在前人中我所佩服的作者，如苏（轼）、黄（庭坚）陆（游），都是好的。他们随笔挥洒，并不着意为文，而佳处自见。似乎无意得之，但人虽费尽气力而终不能得。如此境界，向往久矣，亦只能师其'无意'二字而已。"

吉林摄影出版社 1999 年 9 月初版
印数：30000 册
封面设计：龙振海

书的故事

目次
漫谈散文［代序］（季羡林）/ 作者小传 / 访书 / 书的故事 / 姑苏访书记 / 谈禁书 / 诗之神秘 / 夜访"大观园" / 前门箭楼的燕子 / 琉璃厂 / 杭州杂记 / "一市秋茶说岳王" / 苏曼殊及其他 / 鸡鸣寺 / 王介甫与金陵 / 十万春花如梦里 / 采石·当涂·青山 / 钓台 / 东坡二题 / "名教罪人" / 鲁迅与顾颉刚 / 海内存知己 / 附：编辑说明 / 全书总目

　　季羡林、谷向阳主编20世纪中国著名作家散文经典之一种。

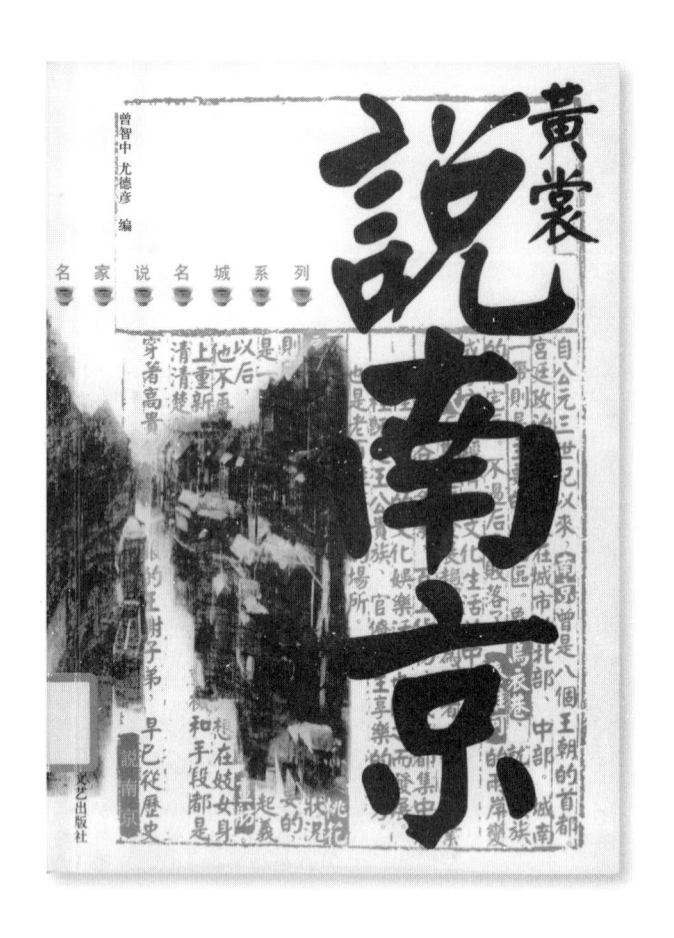

四川文艺出版社 2001 年 1 月初版
曾智中、尤德彦选编
字数：264 千字；
封面设计：周明

黄裳说南京

目次：
总说：白门秋柳 /《金陵杂记》小序 / 记者生涯 / 一九四六年在南京 /《金陵五记》后记 / 金陵杂记 / 燕子矶 / 白鹭洲 / 白鹭洲公园补记 / 秦淮拾梦记
说湖：后湖 / 莫愁湖（一）/ 莫愁湖（二）
说寺：鸡鸣寺 / 重过鸡鸣寺 / 半山寺与谢公墩 / 石观音寺
说园：快园 / 随园 / 梅园（一）/ 梅园（二）/ 天王府的西花园 / 石巢园
说山：梅花山 / 献花岩 / 南唐二陵
说巷：鸡鹅巷与裤子裆 / 乌衣巷及其他
说桥：老虎桥边看"知堂" / 虹桥
说台：周处读书台
说楼：豁蒙楼上看浓春 / 扫叶楼
说食："美人肝"
说史：王介甫与金陵 / 明太祖与徐达 / 桃花扇底看南朝 / 杨龙友
说伎：柳如是 / 绛云书卷美人图 / 马湘兰
说书：关于"泽存书库" / 访"盋山书库" / 盋山一老
说诗：诗外 / 春夜随录 / 咏怀堂诗 / 再说《咏怀堂诗》/ 关于余淡心 / 余淡心与金陵 / 秦淮旧事 / 关于《金陵览古》
附录：余怀诗两种：《咏怀古迹》/《味外集轩》
后记

  名家说城系列之一种。编选者在本书编后记中说："左《黄裳说南京》，计十二说，约二十一万言，大体汇了先生有关南京的文字。""较之于一九八二年版的《金陵五记》而言，一是略去了该书的部分篇目；二是增添了一九八二年后先生有关南京的几乎全部新作；三是改变了该书按时代顺序编排的方式，而代之以目前这种突出城市风貌情调，试图从十二个方面去说南京的编排方式"。

辽宁教育出版社 2001 年 3 月初版
字数：486 千字；印数：4000 册
封面设计：吴光前

来燕榭读书记

目次：
卷一：禹贡分笺 / 蜀石经残本 / 韩诗外传 / 诗说 / 诗经集注 / 六经图 / 切韵考 / 北窗偶谈 / 影园瑶华集 / 御览孤山志 / 国朝画征录 / 广舆图 / 洛阳伽蓝记 / 蜀国弦 / 甲申三月纪事 / 百城烟水 / 江村简寄 / 三冈识略 / 续皇王大纪 / 史记 / 后汉书注 / 东莱先生标注三国志详解 / 增补武林旧事 / 续资治通鉴长编 / 五国故事、三楚新录 / 江南别录 / 南唐书 / 钓矶立谈 / 杨太真外传 / 宋史岳飞传岳忠武王庙名贤诗 / 绍兴十八年同年小录 / 明状元图考 / 复社姓氏录、传略 / 大狩龙飞录 / 复社纪略 / 北行日谱 / 社事始末 / 三藩纪事本末 / 甫里高阳家乘 / 张忠烈公年谱 / 所知录 / 研堂见闻杂记 / 谈往 / 幸存录 / 石柱记 / 韩柳年谱 / 中藏集 / 雪泥鸿爪录 / 钱竹汀行述 / 翁氏家世略记 / 馀冬琐录 / 小跛翁纪年 / 澳门纪略 / 蜀迹辨 / 雪庄西湖渔唱 / 出塞日记 / 倘湖樵书 / 泛桨录 / 庚辛之间亡友列传 / 失题 / 西湖便览 / 禹碑集 / 邗江三百吟 / 明僮合录 / 庚申以后所收书目序 / 来燕榭书目不全本 / 载书图诗 / 渔洋书跋 / 宋元明书影 / 寒云手写宋本提要 / 汲古阁珍藏秘本书目 / 裘杼楼书目 / 爱日精庐藏书志 / 振绮堂书总目 / 竹汀先生日记钞 / 清仪阁藏书总目 / 竹汀先生日记钞 / 海日楼书目 / 知圣道斋读书跋尾
卷二：灵棋经 / 利器解 / 字触 // 老老恒言 / 洗冤录详义 / 金粟逸人逸事 / 太平御览 / 世说新语注 / 教家要略 / 逸语 / 艺菊志 / 续茶经 / 曹州牡丹谱 / 菊谱 / 静好楼双兰记 / 第一香笔记 / 素园石谱 / 墨表 / 天冠山诗帖 / 钱梅溪三种 / 八砖吟馆刻烛集 / 论泉绝句 / 苏米斋兰亭考 / 印存玄览 / 集古印存 / 续古印式 / 西京职官印录 / 吕珮堂印谱 / 印选 / 程大纯笔记 / 类说 / 剧谈录 / 南部新书 / 顾氏文房小说三种 / 西溪丛语 / 谈书脞录续编 / 东湖丛记 / 说部精华 / 炙砚琐谈 / 午风堂丛谈 / 札朴 / 海潮辑说 / 梦忆 / 粹掌录 / 说铃二种 / 猫苑
卷三：巡按广西监察御史祁案疏 / 易测 / 老子全抄 / 两浙古今著作考 / 祁承㸁会试朱卷 / 澹生堂全集 / 澹生堂外集 / 澹生堂诗文钞 / 守城全书 / 祁彪佳乡试朱卷 / 祁忠敏公手订疏稿 / 还朝疏稿 / 远山堂文穊 / 起元社本远山堂文穊 / 按吴政略 / 崇祯苏松巡案察院置买役田书册 / 禅悦内外合集 / 浙江选贡齿录 / 礼记集说 / 尔雅 / 五朝注略 / 国史纪闻 / 嘉靖大政类编 / 小疏 / 指月录 / 桃花里集 / 明山阴祁彪佳万历四十六年顺天乡试头场朱卷 / 祁奕喜阅本唐宋文

钞 / 续皇王大纪 / 绣襦记（文林阁本）

卷四：风雅翼 / 汉诗说 / 屈原赋注 / 离骚辩 / 楚辞集注后语 / 离骚经纂注 / 六朝声偶集 / 乐府原 / 陶靖节集 / 陶靖节诗集 / 集千家注批点杜工部诗集 / 杜工部集 / 钱注杜诗 / 杜诗会粹 / 杜诗论文 / 杜律通解 / 杜诗阐 / 杜工部七言律诗 / 杜工部诗 / 杜工部五言律诗 / 李太白诗 / 李义山诗集 / 李义山诗集 / 李义山七言律会意 / 温飞卿诗 / 晚唐诗钞 / 清溪诗集 / 八唐人集 / 钓矶文集 / 韩文 / 乐圃馀稿 / 安陆集 / 梁溪遗稿诗钞 / 渭南文集 / 苏文 / 东坡先生诗集注 / 山谷刀笔 / 文正公尺牍 / 晁具茨集 / 后圃黄先生存集 / 林和靖诗 / 胡少师总集 / 段氏二妙集 / 天籁集 / 茶山老人遗集 / 九灵山房集 / 元人才调集 / 竹斋诗集 / 梅道人遗墨 / 高太史凫藻集 / 安桂坡游记诗稿 / 峤雅 / 赐馀堂集

卷五：冷鸥堂集 / 南田诗钞 / 愚庵小集 / 黄梨洲先生集 / 葭溪集 / 改亭集 / 张杨园先生全集 / 西归日札 / 周锽门诗 / 畏垒山人诗 / 汪碧潮诗词稿 / 东江集钞 / 榭叶集 / 木厓集 / 炳烛斋稿 / 山闻诗 / 九谷集 / 墨井诗钞 / 栴檀阁风人稿 / 南山集偶钞 / 陆密庵文集 / 琴楼合稿偶钞 / 渔洋小集 / 柳堂诗词稿 / 七闽游草 / 北山诗钞 / 周栎园集 / 赖古堂集 / 憺园集 / 苍岘山人集 / 挦山集 / 三仕草 / 南斋诗集 / 充东集小红词集 / 药园诗 / 玲珑簾词 / 晤书堂诗稿 / 南洲草堂集 / 纬萧草堂诗 / 抚云集 / 遂初堂集 / 贾棪亭集 / 冰雪集 / 张匠门集 / 梅会诗人遗集 / 松皋文集 / 素心堂偶存集 / 黄叶村庄诗集 / 研溪先生诗集 / 诗说 / 匡庐集 / 双云堂集 / 秀野草堂诗集 / 无闷堂集 / 南沚集 / 梅庄文集 / 始读轩遗集 / 含翠轩诗钞 / 浪淘集诗钞 / 书带草堂文选 / 行脚草 / 寒泉子石苞 / 书馆闲吟 / 出塞诗 / 节必居稿 / 玉几山房吟卷 / 西陴诗稿 / 吕晚村家训真迹 / 杲堂诗文钞 / 樗亭诗稿 / 南崖集 / 渔庄诗草 / 蔓堂集 / 乙未亭诗集 / 秋水集 / 陈岩野先生集 / 古香楼稿 / 春堂行笈编庚寅 / 泊斋集 / 佳山堂诗 / 陈元孝诗 / 六峰阁诗稿 / 储汜云诗集 / 桐野诗集 / 桂留堂集 / 挹奎楼选稿 / 南疑集 / 尺五堂诗删 / 大观堂文集

卷六：姜西溟先生文钞 / 宝玉堂诗集 / 竹叶庵文集 / 在亭丛稿 / 学福斋集 / 怡山诗集 / 放鸭亭小稿 / 巢林集 / 西庄始存稿 / 圭美堂集 / 蕴愫阁全集 / 香叶草堂诗存 / 雕菰楼集 / 清爱堂集 / 春凫小稿 / 橘巢小稿 / 严太仆集 / 贞一斋集 / 春雨楼诗略 / 看蚕词 / 谦谷集 / 听泉遗诗 / 濡雪堂集 / 从政录 / 瘖砚斋学文 / 看云吟稿 / 砚林诗集 / 周止庵遗稿 / 东潜文稿 / 环山诗钞 / 尧言 / 咏归亭诗钞 / 春桥草堂诗集词集 / 产鹤亭诗 / 静便斋集 / 存素堂文集续集 / 晚闻居士

遗集／澹成居文钞／薛生白所著书／强恕斋文钞／敦夙好斋诗初编／水曹清暇录／奕载堂文集／范白舫所著书／幽华诗略／花笑庼杂笔／西泠百咏／倚仗吟／余园诗钞／种榆仙馆诗钞／牡丹诗／集唾编／沈西雍所著书／道腴堂杂著／吉石斋集／厚石斋集／幼学堂稿／瓯香馆集／小松石斋文集／青荃诗集／师竹轩词钞

卷七：拙政园诗馀／阮亭诗馀略／焦山古鼎图诗／劝影堂词／凝香集／玉玲珑山阁集／香草词／空翠集／徐电发刻三家词／幻花庵词钞／朳左堂词／万石山房词／红萼词／若庵诗馀／栩园词弃稿／扶荔词／陆仲子遗稿／情田词／弹指词／北湖三家词钞／万青阁诗馀／春华阁词／琢春词／小山诗馀／碧箫词／玉钩草堂词／银藤花馆词／翦云楼词／生香馆词稿／听奕轩小稿／红杏词／绿荫槐夏阁词／止巢诗词／栖香阁词／拜石山房词钞／巏嶅山人词集／周济词／柯家山馆词／秋莲子词／玉壶山房词选／玉淦词／樵风乐府／比竹馀音／乐静词

卷八：花间正续集／唐宋诸贤绝妙词选／中兴以来绝妙词选／词综／国朝词综补／浙西六家词／古今诗馀醉／三百词谱／红萼轩词牌／清啸集／名家词集／十六家词／兰皋明词汇选／倚声初集／百名家词钞／瑶华集／词汇初二三编／词洁／今词苑／草堂嗣响／古今词选／荆溪词初集／绝妙好词（小幔亭本）／绝妙好词／绝妙好词笺／乐府补题／清真集／金谷遗音／白石诗词集／诗源初集／放胆诗／明月诗筒／吴越诗选／中唐十二家诗／类编唐诗七言绝句／风怀镜／西厢记／新镌西园传奇／鱼篮记／元曲选图／吴骚合编／鹊亭乐府／饮酒读骚图／桂香云影乐府／珊影杂识／太和正音谱／曲律／乐府传声／皇朝文鉴／华及堂宾朋唱和集／宋诗纪事／唐宋文钞／樵李诗系／诗林广记／诗翼／诗人玉屑／解颐新语／锦树堂诗鉴／唐人千首绝句／诗伦／说诗晬语／忆旧游诗话／消夏录／词苑丛谈／续词苑丛谈

全书分上下两册，系作者书跋汇编，内容以古籍藏本书跋为主。作者曾言："此书著录所藏旧本较详。原稿历三年始就，付辽教印成，校勘不苟，亦可存也。"（《赈灾义卖图书题跋一束》，《寻找自我》第431页）

福建人民出版社 2001 年 9 月初版
字数：157 千字；印数：3000 册
封面设计：张守义

春回札记

目次：

Ⅰ：琐记——和巴金在一起的日子 / 读黄永玉画记 / 胡乔木与西湖 / 关于王昭君——故人书简·忆汪曾祺 / 亦狂亦侠亦温文——跋《壮岁集》/ 悼际垌 / 诗人荒芜 / 河东君 / 关于《湖上草》/ 河东君尺牍抄 / 旧时月色 / 访徐森玉 / 马先生汤 / 陈师曾 / 袁寒云

Ⅱ：断简零篇室撼忆 / 常熟翁家 / 书香琐记 / 关于"自庄严堪" / 上海的旧书铺 / 谈藏书印 / 拟《书话》/《俞平伯散文》小引 /《南京情调》序 /《我说苏州二集》序 /《小楼春雨》后记 / 关于"玉玲珑" / 我写题跋 / 漫话藏书 /《十竹斋书画谱》的再生 / 读《敌后日记》/ 读《花间新集》/ 台静农散文 / 多棱镜下的真实 /《许姬传七十年见闻录》读后 / 好一派江南烟水 / 藏园两种 / 书丛杂拾 / 谈龚批《简学斋诗》/《桃花扇》札记 / 关于津逮楼 / 关于"纫秋山馆"

Ⅲ：一觉 / 求实 / 盗版溯源 / 大师的偏执 / 湖楼题壁 / 白描 / 马瑶草小记 / 开水白菜 / 画里的钟进士 / 邓拓的藏画 / 林则徐怎样离开广州 / 西施的故乡 /《红楼梦》杂谈 / 荔枝与《红楼梦》/ 文采风流第一人 / "曹雪芹画像"新说 / 林姑娘的眉眼 / 娓媭将军 / 漫游零感 / 过安庆 / 重访贵阳 / 秋柳及其他 / 关于《鞠部丛谈校补》/ 跑城·坐楼 / 说《戏痴说戏》/ 夜奔 / 关于《潘金莲》/ 看戏杂感 / 从案头到场上——电视剧《围城》/ 露间诗

Ⅳ：热带夜梦抄 / 乙酉归轺日记

后记

  瞻顾文丛之一种，收文八十篇，分为四辑。其中《乙酉归轺日记》乃是从印度归国途中日记，因触时忌，几度不得发表，后在《新民报晚刊》以《从印度到昆明》为题连载，但也中途停止，此为未完稿收录，作者认为可以与《关于美国兵》参照阅读。

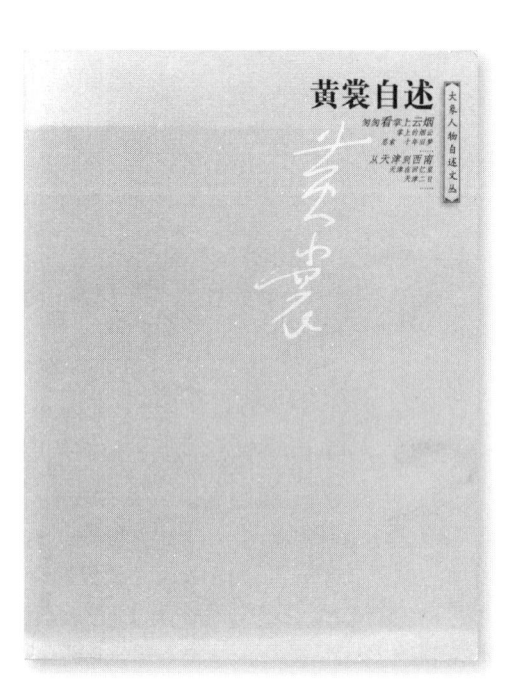

大象出版社 2002 年 10 月初版
字数：220 千字；印数：6000 册
装帧设计：王翠云、但汉琼

黄裳自述

目次：

匆匆看掌上云烟：掌上的烟云/《掌上的烟云》后记/思索/十年旧梦/海滨消夏记/闲情/酒话/我的端砚/买墨的故事/我写游记

从天津到西南：天津在回忆里/天津二日/《日出》及其他/《嫁妹》/读书生活杂忆/读书的回忆/南开忆旧/生小说《红楼》/梦里的成都/《锦帆集》后记/关于"翻译官"

当记者的日子：记者生涯/难忘的一九四五年/一九四六年在南京/往事/梅园/访傅斯年/郭沫若/老虎桥边看"知堂"/胡适的一首诗/秦淮拾梦记/金陵杂记/雨天杂写/《银鱼集》后记/一篇报道的产生

评戏人原是戏中人：往事回忆/评剧家/《黄裳论剧杂文》跋/《旧戏新谈》后记/随感/捧萧长华/《别姬》/钱梅兰芳/关于川剧

为书痴迷为书狂：书缘/书痴/祭书/《珠还记幸》小引/《珠还记幸》后记/断简零篇室撼忆/访书琐忆/书的故事/漫话藏书/老板/逛琉璃厂/西泠访书记/访书/关于书话/漫谈题跋

  李辉主编大象人物自述文丛之一种，编选反映作者生平经历各方面文字以构成"自述"。

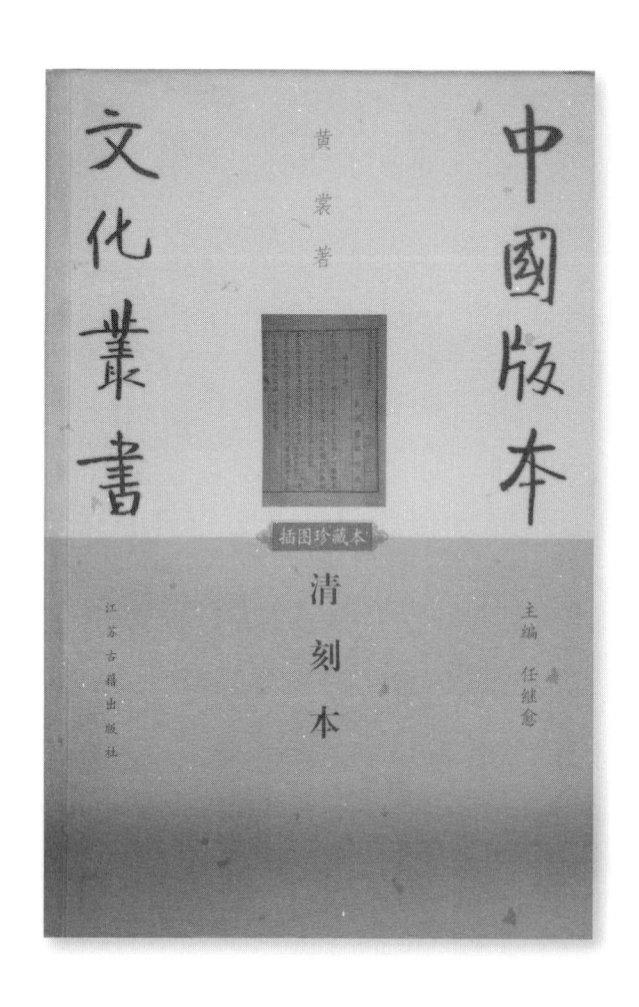

江苏古籍出版社 2002 年 12 月初版
董宁文编
字数：210 千字；印数：3000 册

清刻本

目次：
上编 版刻光荣的结末：清代版刻丛谈/清刻之美
下编 清刻经眼举隅：《梅道人遗墨》/《七歌》/《峤雅》/《兼山集》/《吴越诗选》/《倚声初集》/张缙彦集三种/《竹笑轩吟草》/《天籁集》/《香严斋词》/《读书堂诗集》/《大山诗集》/《经鉏堂杂著》/《木厓集》/《江泠阁诗集》/《屈翁山诗集》/《翁山文钞》/《曝书亭集》/《鸡肋集》/《巳畦集》/《清啸集》/《钱牧斋先生尺牍》/《默庵遗稿》/《十六家词》/《名家词钞》/《秋林琴雅》/《香胆词选》/《劝影堂词》/《林下词选》/《瑶华集》/《草堂嗣响》/《今词苑》/余怀集三种/《通志堂集》/《腾笑集》/《雨泉龛合刻》/《西湖梦寻》/《绝妙好词》（柯氏本）/《瘗鹤铭考》/《陶靖节诗集》/《秋水集》/《半园唱和诗》/杨曰补二种/《白石诗钞》/《词钞》/《姜白石集》/《御览孤山志》/《百城烟水》/《南唐书》/《倘湖樵书》/《中藏集》/《蓑笠轩仅存稿》/汪方壶集/《仁山金先生文集》/《汪氏说铃》/《雪泥鸿爪录》/《完玉堂诗集》/《冬心先生集》/《绝妙好词》（项氏本）/《续茶经》/汪水云诗/《在亭丛稿》/《蔗塘未定稿》/《春雨楼集》/《爱日堂吟稿》/《宝闲堂集》/《静便斋集》/《黄山纪游诗》/《抱珠轩诗存》/《南垞诗稿》/《忆旧游诗话》/《冬心先生画竹题记》/《巢林集》/《出塞日纪》/《橘巢小稿》/《听弈轩小稿》/《蜀迹辨》/《乐游联唱集》/《南斋集》/《冰玉山庄诗集》/《白云集》/《东潜文稿》/《宋诗纪事》/《沙河逸老小稿》/《弹指词》/《金石契》/《泛桨录》/《小跛翁纪年》/《庚辛之间亡友列传》/《逸语》/《曹州牡丹谱》/《㓣盦集古印存》/《四妇人集》/《绿窗遗稿》/《柯家山馆词》/《玉句草堂词》/《繲园烟墨著录》/《南车草》/《静好楼双兰记》/西斋三种/《春融堂集》/《梅花喜神谱》/《说文凝锦录》/《禹贡分笺》/《竹汀先生日记钞》/《邗江三百吟》/钱梅溪三种/《墨表》/《幼学堂诗稿》/《六朝文絜》/《听松楼遗稿》/《孤儿编》/《江南春词》/《玉壶山房词选》/《晚闻居士遗集》/《蒋辛田先生遗书》/《蜀石经》残本/《复社姓氏录》/《梦忆》/《湘弦别谱》/《芙蓉池馆诗草》/《苕溪渔隐诗稿》/《赵书天冠山诗帖》/《张力臣先生遗集》/《宋元本书经眼录》/《唾绒余草》/《东轩吟社画像》
图版索引

　　任继愈主编中国版本文化丛书之一种，选作者谈清刻本的文章和书跋。

河北教育出版社 2004 年 1 月版
装帧设计：郑子杰、肖辉

惊弦集（河北版）

目次

掌上的烟云 / 杂文复兴 / 灯下杂谈 / 谜底 / 一念之微
谈"癖" / "牛棚"与牛 / "作家"的进化 / 文学家与数学家 / "这也是生活"
妓院里的爱情 / 鬼恋 / 手掌 / 好快刀 / "文责自负"
如梦记 / 打差别 / 月下老人的诗签 / 长官意志
弭谤 / 诚则灵 / 关于"游山玩水" / 《负暄录》 / 关于《入蜀记》
我的端砚 / 博与约 / 蒋子文及其他 / 油焖笋 / 音容宛在
"德寿宫中写洛神" / 杂文与骂人 / 哈哈镜 / 雄谈 / "是吗？"
"算了！" / 相骂 / 照相 / 做文章 / 危险的行业
戌年谈狗 / 雅贼 / 升级与降级 / "基本属实" / 治僵化法
海滨消夏记 / "冲冠一怒为红颜" / 谣谚 / 漫画源流考 / 隔山买牛
"表叔"的遐想 / 关于"挺经" / 关于《饯梅兰芳》 / 谈"山人气"
一点闲文 / 药渣 / 第三条道路 / 珠还记幸 / 一部散文集的后记
关于郭老的两件事 / 朱佩弦 / 茅盾印象 / 许寿裳 / 乔大壮 / 钵山一老 / 诗人冯至 / 废名 / 自庄严堪 / 老树——记绍虞先生 / 冰心的手迹 / 槐痕 / 浦江清 / 周乔峰 / 涉园主人 / 秋明主人 / 五石居士 / 《无题》 / 吴昌硕小笺

  本书与同名书《惊弦集》（湖南版·骆驼丛书）内容相差甚大，完全是重编本，故另立条目。此本为世相丛书之一种。

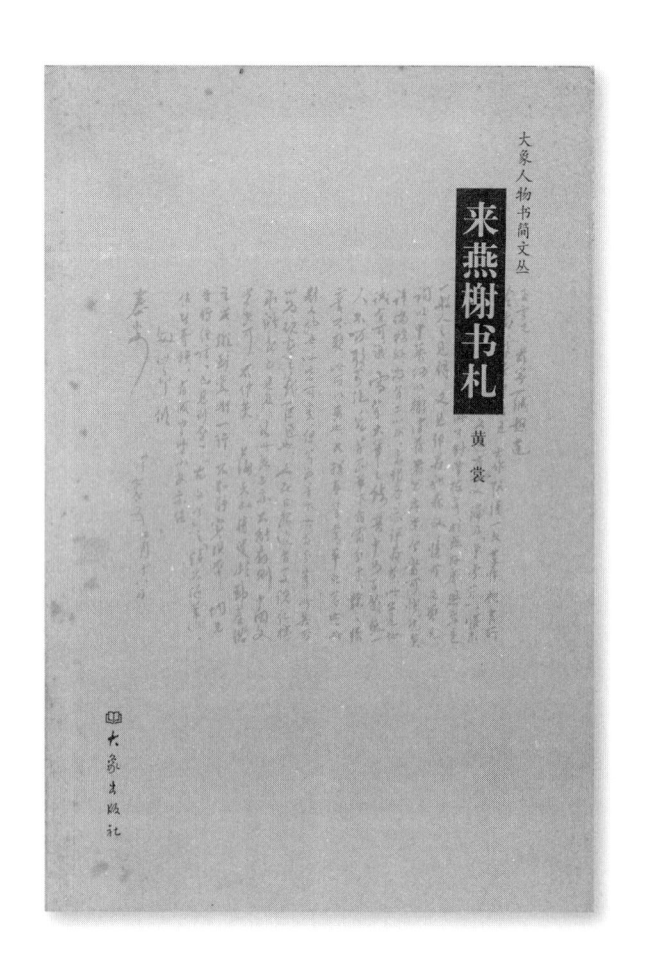

大象出版社 2004 年 1 月初版
李辉整理
字数：179 千字；印数：5000 册
装帧设计：王翠云

来燕榭书札

目次：
看那风流款款而行——黄裳印象［代序］（李辉）
致黄宗江（十七封）·一九四三~一九九九年/黄裳残笺简注（黄宗江）
致周汝昌（四十六封）·一九五〇~一九六二年
致杨苡（八十六封）·一九七九~一九九八年/前记（杨苡）
致范用（二十六封）·一九七九~一九九三年
致姜德明（四十封）·一九七九~二〇〇一年/写在前边（姜德明）
致李辉（三十八封）·一九八八~二〇〇三年
《来燕榭书札》整理说明（李辉）

　　李辉主编大象人物书简文丛之一种。收作者写给友人书信240余封，写作时间在1943-2003年间。作者曾言："我平生写信甚多，皆未留底，此册皆友人之好事者所存。一鳞半爪，可见生平之或一侧面，亦可存也。"（《赈灾义卖图书题跋一束》，《寻找自我》第431页）

吉林美术出版社 2004 年 3 月初版
韩墨林编；摄影：刘正志、汤群
装帧设计：袁银昌工作室
印数：10100 册

黄裳·南京

目次：
上篇 黄裳·石头记：鸡鸣寺 / 豁蒙楼 / 石观音寺 / 周处读书台 / 快园 / 随园 / 小虹桥 / 玄武湖 / 鸡鹅巷与裤子裆 / 梅花山 / 燕子矶 / 白鹭洲 / 天王府 / 梅园新村 / 莫愁湖 / 石巢园 / 扫叶楼 / 祖堂山 / 南唐二陵 / 沧桑旧影 / 美人肝
下篇 金陵行：南京 / 月上秦淮 / 明陵 / 紫霞洞 / 中山陵 / 柳色依依 / 城北佳景 / 小巷深深 / 下关江边水 / 清凉古道
自主自游：南京"通"信 / 推荐路线
后记

　　名人与名城的前世今生丛书之一种，北京翰墨林图书公司策划，内文配有多幅彩色插图。

左图　江苏文艺出版社 2004 年 5 月初版
　　　何昌盛编
　　　字数：280 千字
　　　装帧设计：吴捷

右图　江苏文艺出版社 2012 年 8 月版
　　　装帧设计：吴捷、徐芳芳

黄裳书影录　　136

白门秋柳

目次：

辑一 秦淮拾梦：白门秋柳 / 莫愁湖 / "美人肝" / 半山寺与谢公墩 / 梅花山 / 后湖 / 明太祖与徐达 / 秦淮拾梦记 / 重过鸡鸣寺 / 王介甫与金陵 / 扫叶楼

辑二 闲情逸事：青藤书屋 / 琉璃厂 / 作家的手迹 / 东坡二题 / 酒话

辑三 驻足闲览：兰亭 / 瑶琳 / 新安江之雾 / 好水好山 / 敦煌 / 豫行散记

辑四 羁旅山川：音尘 / 海上书简 / 在三里河 / 虞山春 / 游邓尉 / 昆明杂记 / 江村 / 天津在回忆里

辑五 榆下梦痕：闲 / 东单日记续篇（节选） / 如梦记 / 买墨的故事 / 书痴 / 药渣

辑六 弦中意绪：葛岭山居 / 胥涛 / 春游杂感 / "好快刀" / "几乎无事的悲剧" / 桃花扇底看南朝

辑七 月旦人物：柳如是 / 苏曼殊及其他 / 诗人冯至 / 浦江清 / 乔大壮 / 涉园主人 / 马叔平

编后记

　　本书又以《如梦记》为名，列入大家散文文存；完美典藏版由江苏文艺出版社2012年8月重印。

古吴轩出版社 2004 年 7 月版
印数：3000 册
装帧设计：周晨

黄裳序跋

目次：

《锦帆集》后记 /《锦帆集外》后记 /《旧戏新谈》后记 /《莫洛博士岛》后记 /《榆下说书》后记 /《金陵五记》后记 /《黄裳论剧杂文》后记 /《黄裳论剧杂文》跋 /《过去的足迹》后记 /《晚春的行旅》序 /《银鱼集》后记 /《珠还记幸》小引 /《珠还记幸》后记 /《珠还集》后记 /《负暄录》小序 /《翠墨集》后记 /《河里子集》小序 /《笔祸史谈丛》后记 /《彩色的花雨》序 /《前尘梦影新录》前记 /《榆下杂说》后记 /《一市秋茶》后记 /《音尘集》后记 /《黄裳书话》选编后记 /《妆台杂记》序 /《书之归去来》自叙 /《掌上的烟云》后记 /《小楼春雨》后记 /《来燕榭书跋》后记 /《春回札记》后记

　　王稼句主编书人文丛序跋书系之一种。收作者历年为自己的书所写各种序跋，不过并不完全，作者后来曾说："前些时我印过一本《黄裳序跋》，编者自行删去了几篇较长的考订文字，腾出篇幅填上大量图片，相关和不相干的，打扮得花枝招展就像大观园中的刘姥姥，经鸳鸯、凤姐打扮，插了满头花朵一样。刘姥姥心里明白这是捉弄她，但只能强颜欢笑地凑趣，共同演出这场闹剧，其处境、心情是可以理解、并予同情的，我不是刘姥姥，只得坦率地说出我被打扮后的不舒服来。这是我与图文书的第一场失败了的遭遇战。"(《二十年后再说"珠还"》，《珠还记幸［修订本］》第5-6页）

岳麓书社 2005 年 3 月初版
字数：140 千字；印数：4000 册
封面设计：速泰熙

梦雨斋读书记

目次：

序 / 史祸纪事本末 / 史阙 / 演山先生文集 / 野客丛书 / 四家藏墨图录 / 唐女郎鱼玄机诗 / 蔓堂集 / 藕华园诗 / 爱日精庐藏书志 / 阮怀宁集 / 两朝从信录 / 刘尚宾文集 / 郑桐庵笔记 / 御霜簃曲本二种 / 天顺日录辨诬 / 吹剑录 / 旧闻证误 / 里居越言 / 书集传纂疏 / 书缘 / 跋姜德明藏《东山酬和集》/ 跋李一氓藏《宋元词三十一家》/ 剧谈录 / 诗翼 / 杨太真外传 / 草书集韵 / 通典 / 荆溪词初集 / 续词苑丛谈 / 情田词 / 风雨闭门词 / 忆江南馆词 / 花影吹笙谱 / 西北文集 / 西溪丛语 / 古今词选 / 玉壶山房词选 / 玉淙词 / 比竹馀音 / 忍草堂印选 / 李义山诗 / 履斋示儿编 / 水经注释 / 欧阳詹集 / 荆公诗笺注 / 苏诗 / 八唐人集 / 燕在阁唐绝句选 / 古槐书屋词 / 金陵卧游六十咏 / 金陵览古集 / 华阳散稿 / 录鬼簿 / 李义山诗删注 / 绿净轩诗钞 / 东莱先生标注三国志详节 / 柳堂诗词稿 / 太璞山人集 / 山中白云词 / 国朝画徵录 / 敬事草 / 铁庵诗稿 / 赐馀堂集 / 选诗补注 / 太平御览 / 露华榭词 / 若庵诗馀 / 厚语 / 嘉业堂明善本书目 / 莐圃藏书题识续录 / 清真集 / 红蕚轩词牌 / 金粟影庵词 / 乐府补题 / 樵风乐府 / 燕香词 / 秋莲子词前后稿 / 乐静词 / 红杏词 / 《天一阁被劫书目》前记 / [附录] 天一阁被劫书目

　　蔡玉洗主编、董宁文执行主编开卷文丛之一种。作者在本书序中言："梦雨斋者，三十年前偶治一印，取玉溪诗意。印材不佳，而印人为许伯遒氏，刻元人朱文绝妙……"又曾言："此虽戋戋小册，然中有《天一阁被劫书目》，为遗献之仅存者，不可忽也。"（《赈灾义卖图书题跋一束》，《寻找自我》第430页）

文汇出版社 2005 年 5 月初版
字数：160 千字；印数：3000 册
封面装帧：周夏萍

海上乱弹

目次：

寻找自我 / 五十年前的十月 / 在天津听戏 / 南开忆旧 / 吴震修谈梅兰芳 /《乙酉归辂杂记》序 / 入蜀记 / 一位作家与一张报纸 / 关于《聚沙集》/ 画《水浒》/ 跋永玉书一通 / 清代版刻风尚的变迁 / 插图的故事 / 关于《梦雨斋题跋》（外一篇）/ 买书记趣 / 序《走近大家》/ 序《人缘与书缘》/ 跋李一氓藏《宋元词三十一家》/ 我的书斋 / 嘉兴去来 / 忆辛笛 / 谈错字 / 拟书话（二则）/ 拟书话——玉虫缘 / 拟书话——忏余集 / 拟书话——西行书简 / 寒柳堂诗 / 卞之琳的事 / 读《红楼梦》札记 / 龚自珍二三事 / 答董桥 / 我的集外文 / 后记

作者2005年3月27日所写的《后记》中言"乱弹"："这里取作书名，其实别无深意，只不过是说收集在这里的，只是近来所作，内容杂乱的一卷散文而已。"并说，不同体式的文章编为一集乃是"五四"以还如二周、郁达夫、朱自清等留下的传统，"内容庞杂，读来别有趣味。因而自己也想学样"。

生活·读书·新知三联书店 2006 年 4 月初版
字数：230 千字；印数：10000 册
装帧设计：陆智昌

珠还记幸 [修订本]

目次：

二十年后再说"珠还"——写在新版《珠还记幸》重印之前 / 张奚若与邓叔存 / 谈"掌故" /《别时容易》续篇 / 傅增湘 / 琉璃厂 / 往事 / 谈影印本 / 谈"全集" / 读画记 / 北京诗话——《竹叶庵文集》/ 北京诗话——《京师百咏》/ 春夜随笔 / 关于地方文献的出版 / 忆侯喜瑞

珠还记幸小引 / 郭沫若 / 朱佩弦 / 茅盾印象 / 许寿裳 / 乔大壮 / 冰心的手迹 / 王剑三 / 诗人冯至 / 废名 / 周乔峰 / 海内存知己 / 忆李广田 / 浦江清 / 槐痕 / 涉园主人 / 补记 / 钵山一老 / 自庄严堪 / 秋明室 / 马叔平 / 五石居士 / 贺昌群 / 润例及其他 / 卞之琳的事 / 请巴金写字 /《玉君》与杨振声 / 三叶 / 天 / 行山鬼 / 故人书简——钱锺书十五通 / 拟书话——《西行书简》/ 拟书话——《忏余集》

南行琐记 / 东单日记 / 东单日记续篇

后记

伤逝——怀念巴金老人 / 书缘小记

  从上世纪四十年代起，作者开始有意识收集师友辈作家、学人的手书墨迹，这批手迹与作者藏书一样难逃厄运，悉数箱没。"文革"后，这批私藏得以部分"珠还"，于是有了这组三十余篇"记幸"文字，作者说："一九八二年春，这些纸片又奇迹似的回到我手中，零零落落，只剩下四分之一光景，用来夹存这些纸片的一大册《古逸丛书》本《梅花喜神谱》也不见了，我不知道它们在流浪中的命运，也猜不出它们经过怎样的甄别而终于放还。无论如何，总还是高兴的。于是就发兴整理，写题记，陆续发表，就是收进《珠》中的二十七篇。《珠还记幸》出版后，又续作了几篇，发表在《良友》画报上，后收入《春夜随笔》，现在连同别的几篇一起辑入新本《珠还记幸》中。"（《二十年后再说"珠还"》）

  本书与1985年版相比篇目调整较大，故另立条目。

作家出版社 2006 年 5 月初版
字数：350 千字
装帧设计：张晓光
（右图为黄永玉为本书所绘藏书票）

来燕榭集外文钞

目次：

来燕榭集外文钞之一：旅绥杂忆 / 玲玲 / 升黜 / 父与子 / 重来 / 辽远的记忆 / 异国的心 / 转变了的英雄 / 北风 / 小黄 / 我们的班长 / 雨天的断想 / 别宴 / 失去了的青春 / 独巷 / 雾 / 关于《蜕变》及其演出 / 关于《扶箕迷信底研究》/《记丁玲》及续集 / 读书日记

来燕榭集外文钞之二：蠹鱼篇 /《红楼梦》的语言及风格 / 四库琐话 / 四库余话 / 龙堆杂拾 / 龙堆再拾 / 谈李慈铭 / 关于李义山 / 朱竹垞的恋爱事迹 / 读知堂文偶记 / 读《药堂语录》/ 关于李卓吾——兼论知堂 / 从鉴定书画谈到高士奇 / 说欢喜佛 / 关于墨 / 春明琐忆 / 宣南菊事琐谈 / 谈张之洞 / 谈善耆 / 记戊辰东陵盗案 / 曾左交恶及其他

来燕榭集外文钞之三：芭蕉院随笔——"晚晴" / 西行诗纪 /《西行诗纪》续记 / 缙云山纪游 / 风雨·山林·鸟兽 / 爱之术 / 关于废名 / 谈何其芳 / 更谈周作人 / 怀昆明 / 兰伽书简 / 书城胠语之一 / 从《史地》到《文史》/ 吴雨僧与《文学副刊》/ 关于闻一多 / 关于傅斯年 / 怀冯友兰先生 / 失题 / 虎与狼 / 略论所谓"顽固" / 印度人的生活 / 多余的辩解（附：何其君《关于美国兵》）/ 拟书话三则 / 鸿博诗话 / 京尘杂感 / 听歌偶感 / 关于抗战期间的戏剧作品的思想问题 / 古游乐录 /《数学与你》后记

来燕榭集外文钞之四：谈《打连厢》/ 三改随笔（嫂嫂 / "改造"过的英雄 / 杀嫂与斩貂 / 鲁迅先生与戏改 / 论"游侠"/ 再论武松 / 关于丑角俊扮 / 关于也是园杂剧 / 关于神话剧 / 关于《红娘》/ 金锁记 / 乔玄的问题 / 关于《一丈青扈三娘》的处理 / 消极与积极 / 辫子与跪拜）旧戏新谈（跷功 / 跪拜 / 关于恐怖和残酷 / 脸谱 / 孙悟空 / 清查仓库 / 两条路 / 略论"弱不禁风"/"弱不禁风"之二 / 论真实 / 论争的小结 / 泗州城 / 花荡 / 翠屏山）从盖叫天进京说起 / 典范的演出 / 艺术家的辛勤创造 / 俞谱俞序 / 柳梦梅

来燕榭集外文钞之五：鲁迅诗笺 / 闻一多先生纪念 / 读《嵇康集》/ 南行杂记 / 杂文复兴 / 再论生产救灾 /《一脚踏进朝鲜的泥淖里》后记 / 关于《腐蚀》/ 京尘琐录 / 知识分子的改造 / 入蜀记 / 法海的禅杖 / 看《拜月记》/ 从《十五贯》谈起 / 湖上小记

来燕榭集外文钞之六：解冻 / 从《春灯谜》说起 / 九千岁 / 变脸 / 一念之微 /"拉郎配"/ 肖天佐 / 李娃及其他 / 扎朴 / 吴梅村逸诗 / 关于也是园古今杂剧 / 谜底 / 谨以偏方献 / 帮腔 /"博"物馆 / 吹毛琐录 / 煞神的衍化 / 废话 / 陶庵张岱 / 不薄今人爱古人 / 杂感 / 梅花墅 / 澹生堂的藏书

后记：我的集外文

此为作者集外文第一次单独汇编出书。作者在本书后记中表明了对待"集外文"的态度："一九九八年《黄裳文集》出版后，我就想搜集历年所作未曾收拾的集外文。荏苒数年，赖热心的朋友相助，才粗具规模，虽遗漏必多，但到底也有了一大堆，连自己看了也不禁吃惊。当然，少时所作，不免草率幼稚，还夹杂了某些失误，但我不想修正、扬弃，一概保存原貌，因为这毕竟是我过去真实心影所寄。对旧作，我是愧则有之，却并不悔。笔墨一经付之刊印，即成公器，是洗刷不尽、躲闪不来的。"

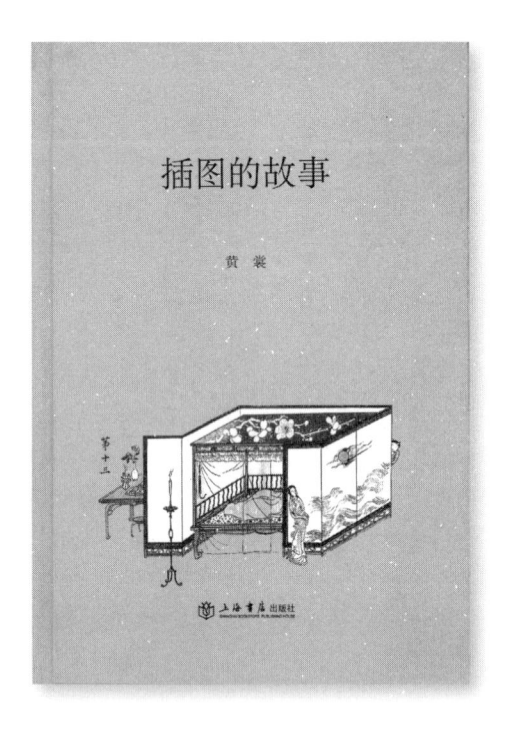

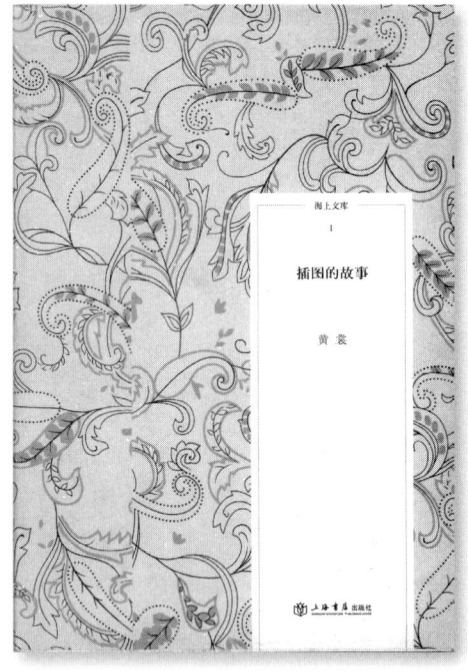

上海书店出版社 2006 年 6 月初版
字数：68.7 千字；印数：5000 册
装帧设计：周夏萍

右图为 2009 年 1 月版平装本
装帧设计：张志全

插图的故事

目次：
小序 / 书帕 / 四百年前的出版家 / 太真全史 / 养正图解 / 青楼韵语 / 军旗 / 人像 / 澳门纪略 / 钓台集 / 道元一气 / 吃茶 / 醉乡从事 / 吴骚合编 / 千秋绝艳（代跋）

　　本书主要谈晚明木刻插图，书前有作者1957年所写小序，谈到本书论列范畴："从人民的日常生活，到具体的名物，以至社会面貌，时代风习，往往都能通过古书的插图得到实证。这实在是除了古代实物以外，最好的历史学习的参考图谱。""数年以来，在市肆案头，或朋友家里，偶有所见，便设法拍摄书影，写下零碎的读书札记来。积久渐多，少加汇集，便成了这一小册，实物的取材，以明代刻木为主，间附清刻，至于更早的宋元作品，不但稀见，而且往往是佛教故事的插图，用处不大，也就不加收集。至于选择的标准，则以比较稀见的书籍为主，尽量选取未见著录的罕见书册"。本书书稿1957年完成后，交出版社未能出版，时隔近半个世纪，才有机会见天日。

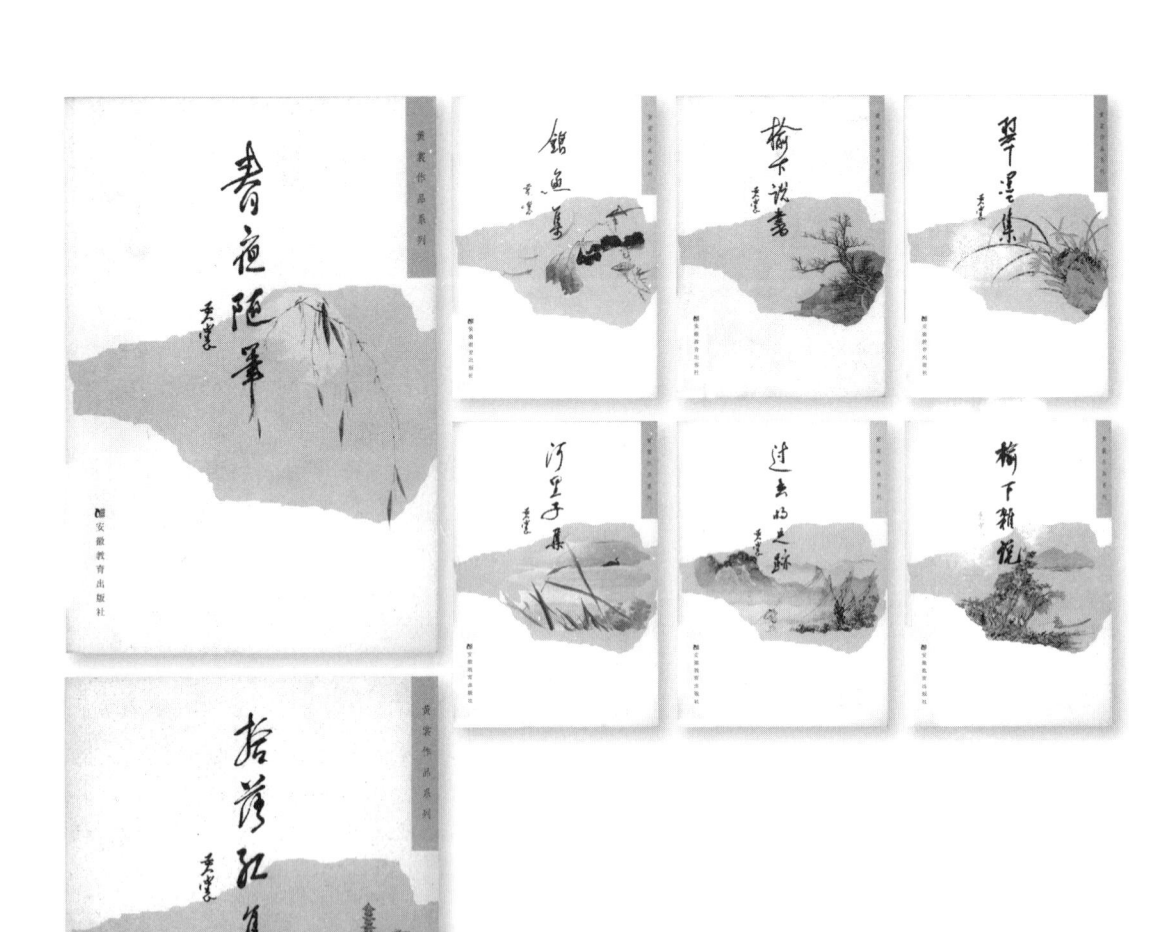

安徽教育出版社 2006 年 6 月初版
印数：4000 册
装帧设计：张鑫坤

黄裳作品系列（安徽版）

共八种，其中旧编七种（《翠墨集》《银鱼集》《河里子集》《春夜随笔》《榆下说书》《榆下杂说》《过去的足迹》）书目略，《拾落红集》为新编，目次如下：

掌上的烟云／难忘的一九四五年／一九四六年在南京／琐记——和巴金在一起的日子／怀念叶圣陶／故人书简之一／沈从文——故人书简之二／关于王昭君——故人书简之三／忆汪曾祺——故人书简之四

读剧札记／谈《恶虎村》／痴梦／古典舞台——吴门读曲记之一／临去秋波——吴门读曲记之二／"案头"与"场上"——吴门读曲记之三／白描——吴门读曲记之四／应该有这样一部传记——关于梅兰芳先生的《舞台生活四十年》／朱翁子／跑城·坐楼／关于《鞫部丛谈校补》

反封建离不开旧戏——人间说戏之一／衙内——人间说戏之二／难答的问题——人间说戏之三／脸谱——人间说戏之四／二丑——人间说戏之五／舞台上的曹操——人间说戏之六／又说曹操——人间说戏之七／战宛城——人间说戏之八／思春——人间说戏之九／打出手——人间说戏之十／洁癖——人间说戏之十一／《一捧雪》的启示——人间说戏之十二／审头——人间说戏之十三／挂帅——人间说戏之十四／断简零篇室撼忆／上海的旧书铺／拟《书话》／读《花间新集》／读黄永玉画记／关于《入蜀记》

诗之神秘／补课／文学与出气／第三条道路／谈"山人气"／大师的偏执／胡乔木与西湖／暑热草

《锦帆集》后记／《金陵五记》后记／《莫洛博士岛》译后记／《妆台杂记》序／《前尘梦影新录》前记／露间诗

后记

  作者在后记中说，有的旧作久不重印，读者无觅处，"有时就想，何妨将这些埋藏于'旧货'当中的'新篇'拣出，加上一些自己觉得有点意思的文字，另编一集，不敢说是'自选'，实在只是想保存旧文，免遭沦没而已。想了一个书名，《拾落红集》，以为与选编的原意相近……"

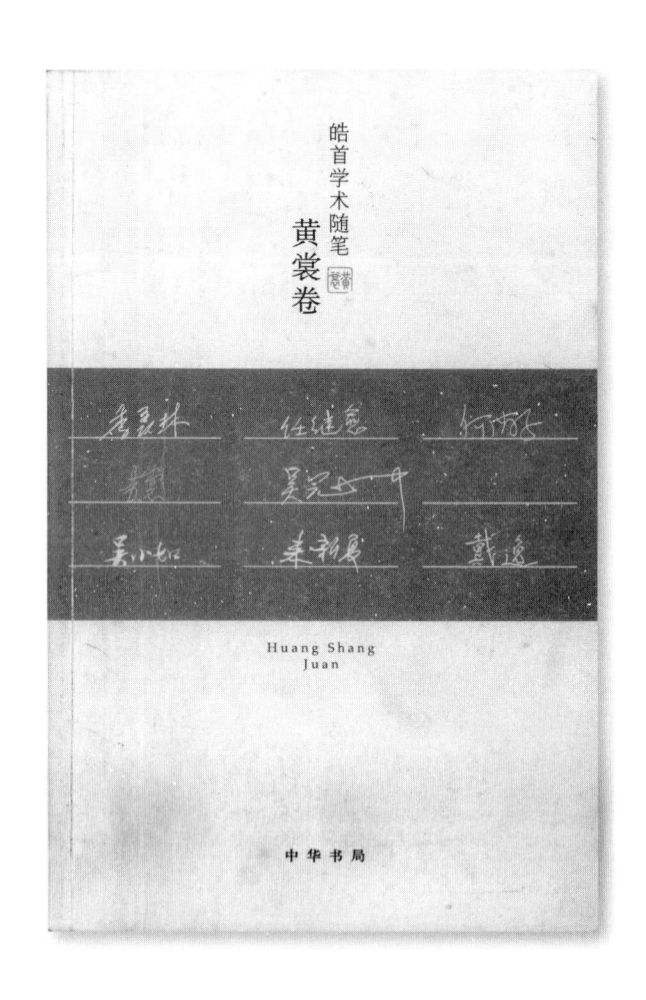

中华书局 2006 年 10 月初版
字数：250 千字；印数：5000 册
装帧设计：刘丽

皓首学术随笔·黄裳卷

《鸳湖曲》笺证——吴昌时事辑/关于吴梅村/吴梅村《南湖春雨图》/陈圆圆/不是抬杠/关于柳如是/关于张宗子/关于余澹心/一册纪念岳飞的诗集/关于方回/不死英雄——关于张缙彦/《拙政园诗余》跋/《天一阁被劫书目》前记/澹生堂二三事/关于祁承㸁——读《澹生堂文集》/《远山堂明曲品剧品校录》后记/梅花墅/生小说红楼/读《红楼梦》札记/荔枝与《红楼梦》/一夜北风紧/春夜随笔/"新""旧""红学家"——春夜随笔之二/关于"自叙说"——春夜随笔之三/冬日随笔/翻案文章/随笔四篇/漫画源流"考"/龚自珍二三事/寒柳堂诗/第三条道路/大师的偏执/东坡二题/关于《鞠部丛谈校补》/读《江南园林志》/《前尘梦影新录》前记

作者以往的读书记选编本。

香港天地出版公司 2007 年 12 月初版
封面设计：洪清淇

好水好山——黄裳自选集

目次：
出版缘起 / 导言：儒家惟此耳（刘绍铭）
江山如画：莫愁湖 / 秦淮拾梦记 / 青藤书屋 / 兰亭 / 好水好山 / 豫行散记
往事如尘：明太祖与徐达 / 王介甫与金陵 / 胥涛 / "几乎无事的悲剧" / 桃花扇底看南朝 / 柳如是 / 苏曼殊及其他 / 昆明杂记
前辈风仪：槐痕 / 宿诺 / 故人书简 / 拟书话 / 伤逝
人生杂感："美人肝" / 作家的手迹 / 东坡二题 / 品茶 / 音尘 / 海上书简 / 在三里河 / 老板 / 书痴 / 药渣 / 春游杂感 / "好快刀"
附录：黄裳浅识（黄永玉）

刘绍铭主编当代散文典藏之一种。

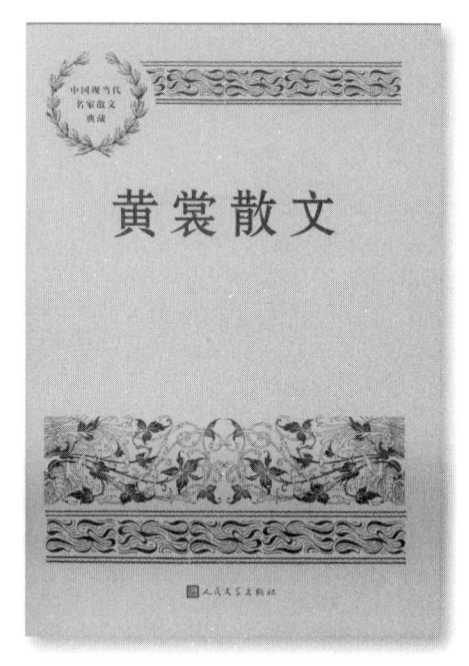

左图　人民文学出版社 2008 年 1 月初版
　　　字数：244 千字；印数：6000 册
　　　装帧设计：柳泉
右图　人民文学出版社 2022 年 5 月第 2 版

黄裳自选集

目次：
第一辑：读书生活杂忆 / 江上杂记 /《锦帆集》后记 / 昆明杂记 / 森林・雨季・山头人 / 美国兵与女人
第二辑：天津在回忆里 / 闲 / 叫好 /《战宛城》/ 思春 / 贾桂愿想 / 序《醉眼优孟》/ 忆侯喜瑞 / 钱梅兰芳 / 关于"梅郎"
第三辑：伤逝 / 忆施蛰存 / 跋永玉书一通 / 文字和画笔的鲜活 / 关于王昭君 / 宿诺 / 答董桥
第四辑：老板 / 琉璃厂 / 品茶 / 读《红楼梦》札记 / 胡适的一首诗 / 答客问 / 冬日随笔 / 寒柳堂诗 / 龚自珍二三事 / 陈寅恪写杂文 / 解密种种 / 零感 / 萧思的教训 / 看不懂论
第五辑：前门箭楼的燕子 / 过灌县・上青城 / 采石・当涂・青山 / 富春 / 钓台 / 诸暨 / 好水好山 / 敦煌 / 钱柳的遗迹 / 常熟之秋

　　2022 年，本书以《黄裳散文》之名收入中国现当代名家散文典藏丛书再版，所选文章篇目未变，但是次序重新编排，以寻古怀人、生活闲趣、山水有味、读书静思四辑组合，前增周立民撰写的《导读》。

大象出版社 2008 年 4 月初版
装帧设计：张晓光

劫余古艳
——来燕榭书跋手迹辑存

目次：

序／万历刻《罗汉十八相》／张岱手稿本《琅嬛文集》／嘉靖汗刻《高岘十二景诗》／万历环翠堂刻《人镜阳秋》／嘉庆古倪园刻《梅花喜神谱》／康熙刻《腾笑集》／雍正刻《南宋诗选》／元刻《宋史·岳飞传》附《岳忠武王朝名贤诗》／旧抄本《五国故事》《三楚新录》／嘉靖刻《白厓先生集》／万历刻《利器解》／旧刻本《潜夫论》／洪武刻《太和正音谱》／范大澈抄宋本《离骚草木疏》／万历刻《蜀国弦》／祁彪佳稿本《曲品》《剧品》／嘉靖刻《陕西四镇军马数钱粮数·会兵御虏》／天一阁拾种（《中兴间气集》《河岳英灵集》《唐宋诸贤绝妙词选》《中兴以来绝妙词选》《杨升庵诗》《绿雪亭杂言》《类编唐诗七言绝句》《草书集韵》《西山纪游诗》《参订仙传外科秘方》）／天一阁拾零（《陶靖节集》《早朝诗》《宦辙联句》《范运吉传》《余庆录》《伤寒明理续论》）／旧抄吴焯校跋《武林旧事》／《禅悦内外合集》／祁彪佳稿本《还朝疏稿》／旧抄本《二妙集》／罗聘手稿《白下集》／嘉靖刻《兰雪集》／鲍校知不足斋抄本《兰雪集》／旧抄《缙云先生文集》／明祁东李氏铜活字本《唐文类》／明初刻《欧苏手简》／明初本《中州启劄》／嘉靖刻《谈野翁试验小方》／顺治刻《拙政园诗余》／旧抄本《钓矶立谈》／拜经楼抄本《毛汲古书目》／钱梦庐校旧抄《汲古阁珍藏秘本书目》／陈皋手稿本《沽上醉里谣·续谣》／旧抄《裘杼楼书目》／嘉靖刻《玉厓诗集》／明初本《睎颜先生诗集》／道光刻《湘弦别谱》

  李辉主编大象名家珍藏之一种，作者在乙酉立秋后一日所写序中的说："聚书以来，每得一册，辄写题记于卷尾书头，或一句而止，或累千言不休。每与内人同署，实皆自书也。愚夫妇婚前婚后，游履所经，北上燕都，南至岭表，虎丘夜月，西湖烟雨，步履所至，暇必访书。汇所作题记观之，非止求书日录，实平生日记也，或赏析版刻之先后精粗，图绘之工美粗犷，相与笑乐，以为快事。""……汇跋尾而印之，留一鸿爪。"见样书后，作者曾记："辛苦经营三年始就此样书之第一本，展卷惊喜，纸墨装帧皆不多见，欣幸无已。"（《赈灾义卖图书题跋一束》，《寻找自我》第430页）

花城出版社 2008 年 5 月初版
字数：210 千字；印数：6000 册
装帧设计：林露茜

嘟馀集

目次：

掌上的烟云 / 关于"翻译官" / 陈圆圆 / 不是抬杠 / 海滨消夏记 / 读剧札记 / 饯梅兰芳 / 关于《饯梅兰芳》 / 一点闲文 / 关于"梅郎" / 访陈书舫 / 故人书简（关于王昭君）/ 关于刘瑾 / 《盗御马》/《战宛城》/《思春》/ 贾桂思想 / 继续走鲁迅的路 / 谈校对 / 闲言语 / 手掌 / 如梦记 / 雄谈 / 分寸 /《围城》书话 /《围城》书话续 / 第三条道路 / 答葛剑雄先生 /《老人的胡闹》/ 关于傅斯年 / 怀冯友兰先生 / 关于"挺经" / 震俗 / 几乎无事的悲剧 / 关于方回 / 寒柳堂诗 / 答董桥 / "山中一半雨"及其他 / 胡适的六言诗 / 答客问 /《拾落红集》后记 / 忆施蛰存 / 序《醉眼优孟》/ 陈寅恪写杂文 / 解密种种 / 萧恩的教训 / 雨湖 / 腾笑集 / 城守筹略 / 三辅黄图 / 默庵遗稿 / 民抄董宦纪略 / 洛阳伽蓝记 / 劫馀古艳选并序 / 后记（一）/ 后记（二）（忆旧不难）

　　花城谭丛之一种。本书勒口有内容简介："关于学人、艺人的自选集。谈戏剧，谈史事，谈故人，或忆念，或论说，无不情动于中，而锋芒闪烁。不仅可见一位老学者的学养和识见，也可从中领略老一代知识分子的襟怀与风骨。"在后记（一）中作者如此解释书名：当年曾不满意费孝通《知识分子的早春天气》一文的语调写杂文《嘟》，"就因为这种性格，多年以来，每遇'看不顺眼'的事，就想站出来说两句，当然，这往往是偶然的、间断的，而遇常所持的仍是可耻的缄默态度。有一段日子，甚至连说话的资格都被取消了。即使如此，多年来大大小小也闯过不少祸。现在想将此类文字选为一集，挂一漏万，因其性质，多少与'嘟'文相近，故题之为'"嘟"馀集'。缀之篇末，聊作说明。"

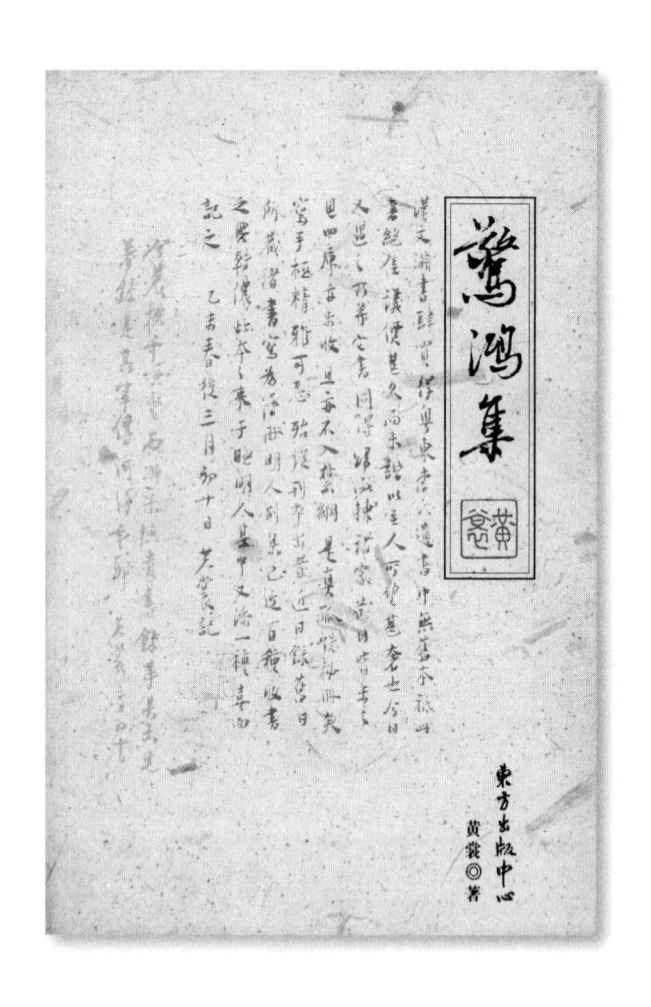

东方出版中心 2008 年 10 月初版
字数：85 千字；印数：4250 册
书籍装帧：范乐春

惊鸿集

目次：

代序 /《梅村家藏稿》/ 明抄《吹剑录》《幻迹自警》等 / 明刻《钓台集》/ 明抄《吹剑录》/ 旧抄《嵇康集》/ 旧抄《北户录》/ 黄荛圃跋抄本《郑桐庵笔记》/ 明刊《类编历法通书大全》/ 永乐刻《刘尚宾文集》/ 旧刻《艺文类聚》/ 旧抄《懿蓄》/ 旧抄《文泉子集》/ 旧抄《嵇康集》/ 也是园抄《能改斋漫录》/ 山阴祁氏澹生堂书 / 倪米楼抄《南史》/ 崇祯刻《西园记》/ 鲍以文抄校《东山词》/ 明刻《酉阳正组》/ 旧抄《洞山九潭志》及其他 / 山阴祁氏世守遗书 /《淡生堂诗文抄》/ 远山堂抄本《里居越言》/ 旧抄《姜氏秘史》/ 道光刻黄丕烈《荛言》等 / 澹生堂家书 / 明刻《两朝从信录》/ 旧抄《哂园杂录》/ 卧云山房稿本《史记摘丽》/ 汪刻《前汉书》/ 明抄本《琴史》/ 旧抄《江夏黄氏家谱》/ 失题 / 旧抄《塔影园集》/ 天一阁抄道藏六种 /《文泉子》/ 费寅代张钧衡跋《千顷堂书目》重校跋稿 / 失题 / 精旧写本《韩笔酌蠡》/ 康熙绿荫堂刻《百名家词钞》/ 明抄《书集传纂疏》/ 旧刻《存复斋集》/ 嘉靖刻《龚用卿集》/ 稿本《赚文娟》《红拂传》/《石居士漫游纪事》/《意延斋金石》/ 校西爽堂本《三国志》/ 古逸丛书本杜集 / 书后

作者在 2008 年 6 月 16 日所写《书后》中称，本书是《劫余古艳》的外编，区别是本书只是"书去跋存"。"书名'惊鸿'，取'惊鸿一瞥'之意，如人们常用的藏书印，'××过眼'，并无放翁'曾见惊鸿照影来'的感慨。我是不怎么喜欢抒情的。"而在《代序》曾言自己有买书归来，"考索其源流及转徙之迹，登之簿录"的习惯。

生活·读书·新知三联书店 2009 年 1 月初版
字数：449 千字；印数：8000 册
装帧设计：罗洪

来燕榭少作五种

目次：

前记 / 锦帆集 / 锦帆集外 / 关于美国兵 / 旧戏新谈 / 金陵杂记（详目略，参见本书各单行本目次）

作者最早印成书本、与读者相见的五本小书。写作时期约在1943至1947年间，因称"少作"。

生活·读书·新知三联书店 2009 年 1 月初版
字数：270 千字；印数：8000 册
装帧设计：罗洪

来燕榭文存

目次：

辑一：凤城一月记 / 五十年前的十月 / 上海手札 / 滇游日记——从昆明到大理 / 嘉兴去来 / 雨湖 / 常熟之秋——关于柳如是 / 伤逝——怀念巴金老人 / 忆施蛰存 / 俞平老杂忆 / 忆吴晗 / 忆梅畹华——梅兰芳与《文汇报》/ 关于"梅郎" / 卞之琳的事 / 关于佐临 / "磁力"漫忆

辑二：寻找自我 / 二十年后再说"珠还"——写在新版《珠还记幸》重印之前 / 我的集外文 /《插图的故事》跋 /《清代版刻一隅》增订本前言 /《拾落红集》后记 /《"嗲"馀集》跋 /《劫馀古艳》序 /《来燕榭少作五种》前记 /《南京情调》序 / 关于《梦雨斋题跋》（外一篇）/ 关于《金陵杂记》/《沿着塞纳河到翡冷翠》序 /《芳园筑向帝城西》序 /《醉眼优孟》序 /《俞平伯散文》小引 / 脸谱臆说 /《艺术类稿》序 / 我的书斋

辑三：买墨小记 / 马瑶草小记 / 冬日随笔 / 画《水浒》 / 跋永玉书一通 / 答董桥 / 解密种种 / 第三条道路 / 大师的偏执 / 忆旧不难 / 胡适的六言诗 / 答客问 / 关于"流派" / 两个《四进士》 / 寒柳堂诗 / 陈寅恪写杂文 / "山中一半雨"及其他 / 零感 / 萧恩的教训 / "看不懂"论

辑四：祁承爜家书跋 / 跋姜德明藏《东山酬和集》 / 郁斋小记 / 拟书话 / 读《红楼梦》札记 / 龚自珍二三事 / 读画录 / 南京书事 /《书林一枝》两篇 / 后记

　　作者在后记中说："将一个时期所作的杂七杂八的东西，凑在一起，印成一本书。""这里所收，大抵以近三数年所作为主。也有少数篇章，为过去编集时漏收的，承热心的读者慷慨提供，得以补入我是非常感谢的。大体以类相从，分为四辑"。

青岛出版社 2009 年 7 月初版
董宁文编
字数：216 千字
装帧设计：李欣、王洋

寻找自我

目次：

十年旧梦：寻找自我 / 南开忆旧 / 在天津听戏 / 记者生涯 / 关于《锦帆集》/ 往事回忆 / 读书生活杂忆 / 访书琐忆 / 十年旧梦 / 关于书话 /《黄裳文集》自序 / 断简零篇室撼忆 / 我写游记 / 我的书斋 / 买书记趣 / 谈错字 / 老年与书 /《珠还记幸》小引 / 二十年后再说"珠还" / 书林漫话 / 我的集外文

海内存知己：饯梅兰芳 / 关于"梅郎" / 三叶 / 郭沫若 / 朱佩弦 / 茅盾印象 / 槐痕 / 许寿裳 / 阿英与书 / 冰心的手迹 / 忆李广田 / 海内存知己 /《别时容易》续篇 / 宿诺 / 废名 / 关于王昭君 / 读黄永玉画记

故人书简——怀念叶圣陶 / 故人书简——沈从文 / 故人书简——钱锺书十五通 / 卞之琳的事 / 忆辛笛 / 伤逝 / 忆施蛰存

书里书外：读《红楼梦》札记 /《围城》书话 /《围城》书话续 / 谈禁书 / 谈"全集" / 读画记 / 谈"掌故" / 清刻之美 / 漫话藏书 / 漫谈题跋 / "葫"中日月长 / 谈藏书印 / 说《戏痴说戏》/ 陈寅恪写杂文 / 零感 / "看不懂"论 / 赈灾义卖图书题跋一束

　　董宁文编大家文库之一种，收作者忆旧、怀人、读书文字。

江苏文艺出版社 2011 年 3 月初版
包括《秦淮旧事》《我的书斋》《书香琐记》《故人闲话》四卷
装帧设计：吴捷

黄裳作品系列（江苏版）

目次：
秦淮旧事
第一辑 金陵琐记：白门秋柳 / 旅京随笔 / 快园 / 随园 / 梅园 / 后湖 / 莫愁湖 / 梅花山 / 燕子矶 / 白鹭洲 / 豁蒙楼上看浓春 / 绛云书卷美人图 / 明太祖与徐达 / 秦淮拾梦记 / 重过鸡鸣寺 / 南唐二陵 / 金陵杂记 / 秦淮旧事 / 柳如是 / 陈圆圆

第二辑 屐痕处处：故宫 / 逛琉璃厂 / 夜访"大观园" / 苏州的杂感 / 花步 / 东山之美 / 湖上小记 / 葛岭山居 / 浣花草堂 / 富春 / 东湖 / 沈园 / 兰亭 / 禹陵 / 诸暨 / 敦煌 / 黄鹤楼 / 天津二日 / 淮上行

第三辑 历史脚注：曹操的故乡 / 西施的故乡 / 陶庵张岱 / 关于李义山 / 谈张之洞 / 龚自珍与魏源 / 文徵明及其他 / 苏曼殊及其他 / 于谦和张苍水 / "一市秋茶说岳王" / 桃花扇底看南朝 / 鸡鹅巷与裤子裆 / 天王府的西花园 / 王介甫与金陵

我的书斋
第一辑 书话：书缘 / 我的书斋 / 书的故事 /《四库全书》的老账 / 古书的作伪 / 谈善本 / 谈"集部" / 谈"全集" / 书痴 / 祭书 / 谈禁书 / 再谈禁书 / 封条种种 / 残本·复本 / 插图 / 青藤书屋 / 书之归去来 / 古槐书屋 / 老板 /《金瓶梅》及其他 / 沈从文和他的新书 /《围城》书话 /《围城》书话续 / 北京诗话 / 拟书话三则 / 阿英与书 / 读书生活杂

忆 / 西泠访书记 / 姑苏访书记 / 西南访书记 / 琉璃厂 / 琉璃厂故事

第二辑 序跋：我写题跋 /《天一阁被劫书目》前记 /《前尘梦影新录》前记 / 序《石头记会真》/《俞平伯散文》小引 / 张岱《琅嬛文集》跋 / 残本九种题记 / 读《一氓题跋》/《南京情调》序 / 序《鲁迅的艺术世界》/ 亦狂亦侠亦温文 / 跋《卖艺人家》/ 书跋偶存 / 题跋之外

第三辑 鉴藏：漫话藏书 / 澹生堂的藏书 / 善本的标准 / 谈藏书印 /《十竹斋笺谱》/ 吴仓硕小笺 / 邓拓的藏画 / 怀素《食鱼帖》/ 明清法书观赏 / 谈影印本 / 作家的手迹 / 毛笔 / 天一阁墨 / 我的端砚 /《清代版刻一隅》序 / 咏怀古迹

书香琐记

第一辑 小品：负暄录 / 闲 / 闲情 / 品茶 / 酒话 / 茶馆 / 做文章 / 秋山图 / 蟋蟀 / 家谱 / 照相 / 橙子 / 怀油条 / 十年旧梦 / 旧时月色 / 中秋随笔 / 冬日随笔 / 辽远的记忆 / 湖楼题壁 / 风雨·山林·鸟兽 / 龙堆杂拾 / 龙堆再拾

第二辑 书事：读书的回忆 / 四库琐话 / 四库余话 / 读《药堂语录》/ 鲁迅诗笺 / 读知堂文偶记 / 读画录 / 读黄永玉画记 / 上海的旧书铺 / 南京书事 / 书香琐记 / 常熟翁家 / 关于津逮楼 / 四印斋 / 春夜随笔 /"新""旧""红学家"——春夜随笔之二 / 关于"自叙说"——春夜随笔之三 / 麦克风之类——春夜随笔之四 / 书林漫话——与刘绪源对谈录

第三辑 戏谭：谈戏 / 评剧家 / 京白 / 叫好 / 技巧的成熟 /

说精炼 / 谈曲话 / 关于川剧 / 关于违碍戏 / 漫谈布景 / 杂技的地位 / 公案剧杂谈 / 瞻望新歌剧 / 演员的气质 / 钱梅兰芳 / 忆盖叫天 / 怀周信芳 / 捧萧长华 / 关于佐临

故人闲话
第一辑 忆往：一九四六年在南京 / 关于鲁迅先生的遗书 / 老虎桥边看"知堂" / 齐如山的回忆 / 胡适的一首诗 / 寻找自我 / 南开忆旧 / 记者生涯 / 在三里河 / 谈何其芳 / 卞之琳的事 / 更谈周作人 / 温特 / 忆师陀 / 悼风子 / 叕翁遗札 / 郭沫若 / 朱佩弦 / 茅盾印象 / 许寿裳 / 乔大壮 / 冰心的手迹 / 诗人冯至 / 废名 / 忆李广田 / 浦江清 / 马叔平 / 傅增湘 / 沈兼士 / 张奚若与邓叔存 / 鲁迅与顾颉刚 / 忆吴晗 / 忆马叙伦 / 关于陈寅恪 / 叕翁纪念 / 忆俞平伯 / 忆郑西谛 / 关于闻一多 / 关于傅斯年 / 怀冯友兰先生 / 答董桥
第二辑 日记：日记·日记文学·日记侦察学 / 读书日记（节选）/ 宝鸡——广元 / 滇游日记（节选）/ 过灌县·上青城 / 东单日记
第三辑 书简：故人书简 / 沈从文的信 / 海上书简 / 致黄宗江 / 致周汝昌 / 致范用

　　作者旧文新编。

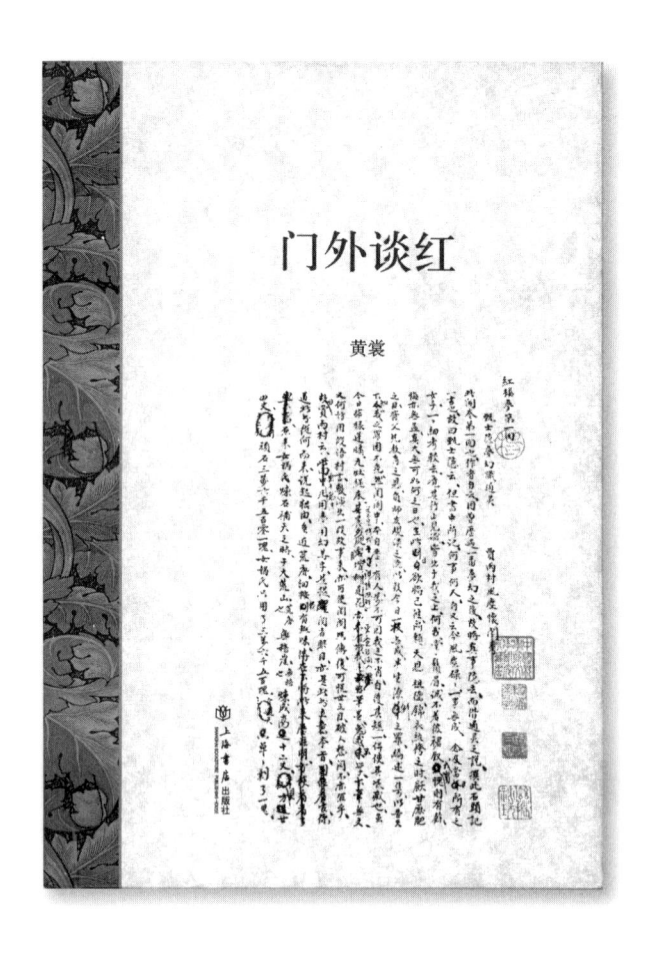

上海书店 2011 年 6 月初版
字数：60 千字
装帧设计：周夏萍

门外谈红

目次：
前记 /《红楼梦》的语言及风格 /《红楼梦》杂谈 / 读《红楼梦》札记 / 周汝昌《献芹集》序

春夜随笔 / "新""旧""红学家"——春夜随笔之二 / 关于"自叙说"——春夜随笔之三 / 麦克风之类——春夜随笔之四 / 冬日随笔 / 一夜北风紧 / 论焦大 / 话说乌进孝 / 林姑娘的眉眼 / 林黛玉的"遗产"承受 / 荔枝与《红楼梦》

《红楼梦》与电视剧 /《红楼梦》到底是谁写的？/ 文采风流第一人 / 闻高鹗被解脱有感 / 曹雪芹的头像 / "曹雪芹画像"新说

　　海上文库之一种，作者自1941年起论《红楼梦》文字的汇编。

生活·读书·新知三联书店 2011 年 12 月初版
字数：180 千字；印数：5000 册
封扉设计：康健

来燕榭文存二编

目次：

京尘杂感 / 三入清华园 / 老虎尾巴 / 京尘琐录 / 一封信 / 读诗断想 / 关于《枝山先生柔情小集》/ 记忆的碎屑 / 喜汝昌九十 / 苏东坡是一堵墙 / 无题 / 写在《惊鸿集》的后面 /《鲁迅的艺术世界》序 / 旧辑柳如是《湖上草》及《尺牍》跋 / 林黛玉的"遗产"传承 / 也说汪曾祺 / 曾祺在上海的时候 / 漫谈周作人的事 / "涉园主人"再记 / 忆丁聪 / 谷林先生纪念 / 关于止庵 / 鲁迅·刘半农·梅兰芳 / 鲁迅的题辞 / 黄蜂刺 / 不再折腾——答朱正先生 / 还是要折腾 / 我与三联的"道义之交" / 草根宗庙 / 论"合理使用" / 忽然想起 / "秘书"五种 / 忆黄河清 /《自庄严堪善本书影》序 / 增订本《来燕榭书跋》后记 / 张佩纶的藏书 / 结一庐藏书的传承 /《续侠义传》/ "藏园"佚事 / 毛诗指说 / "书目"纪异 /《笑我贩书三编》序 / 闻高鹗被解脱有感 / 关于《琅嬛文集》/ 巴金和李林和书 / 野有遗贤 / 后记

  2009 年《来燕榭文存》出版之后两年间文章结集，以 2010 年岁末为下限，作者在后记中说："其中除有少量旧作外，以打架文章为多。"

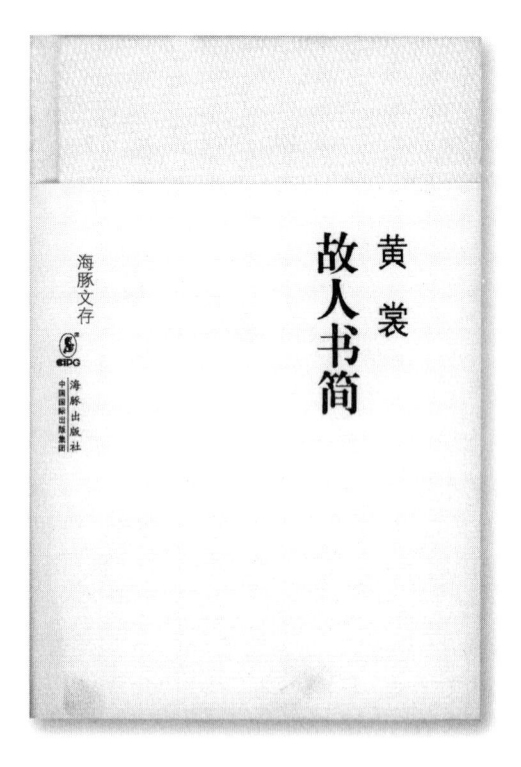

海豚出版社 2012 年 8 月初版
字数：110 千字
整体设计：郑在勇、吴光前

右图为 2013 年 8 月版平装本

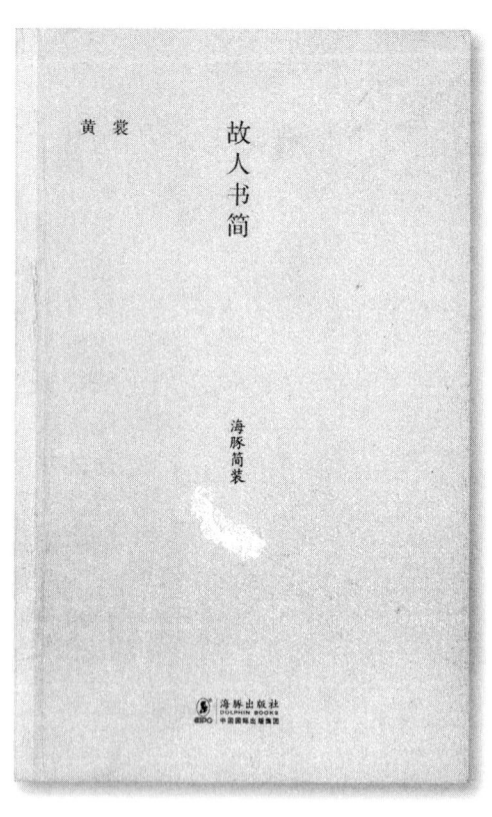

故人书简

目次：

"海豚文存"小引 / 过去的足迹 / 吴晗纪念 / 宿诺 / 答董桥 / 叔弢先生二三事 / 弢翁遗札 / 忆师陀 / 阿英的一封信 / 忆郑西谛 / 故人书简——叶圣陶书二通 / 故人书简——怀念叶圣陶 / 槐痕 / 忆俞平伯 / 润例及其他 / 王剑三 / 忆李广田 / 钵山一老 / 涉园主人 / 卞之琳的事 / 故人书简——钱锺书十五通 / 故人书简——沈从文 / 跋永玉书一通 / 故人书简——忆汪曾祺 / 关于王昭君——故人书简·忆汪曾祺 / 也说汪曾祺 / 曾祺在上海的时候

  梁由之策划海豚文存之一种。由梁由之编选，选作者追怀师友交往的文字25篇。本书印出时，恰作者去世，此为作者身后问世的第一本书。2013年8月本书又列入海豚简装系列出版平装本，书末增梁由之《黄裳和他的〈故人书简〉》一文。

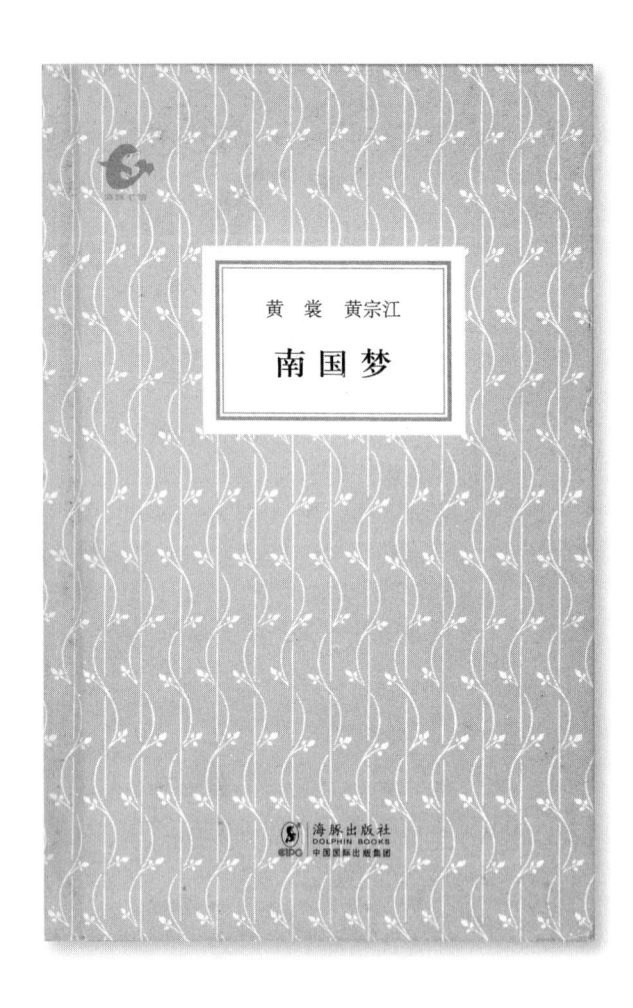

海豚出版社 2013 年 6 月版
黄裳、黄宗江合著；编者：陈子善
字数：48 千字

南国梦

目次：

海豚书馆缘起（沈昌文）/ 出版说明（陈子善）/ 楔子 / 第一幕 / 第一景瑶光殿 / 第二景光政殿 / 第三景永慕宫 / 第四景光政殿 / 第二幕 / 第一景光政殿 / 第二景 / 第三景 / 第三幕 / 地点：明德楼 / 第四幕

  为海豚书馆之一种。陈子善在《出版说明》中说：《南国梦》连载于1944年6-7月《杂志》第13卷第3-6期，署名：黄容（黄宗江、容鼎昌二人姓氏各取一字），为以南唐李后主国亡身辱的不幸遭遇为题材的剧本。

创作

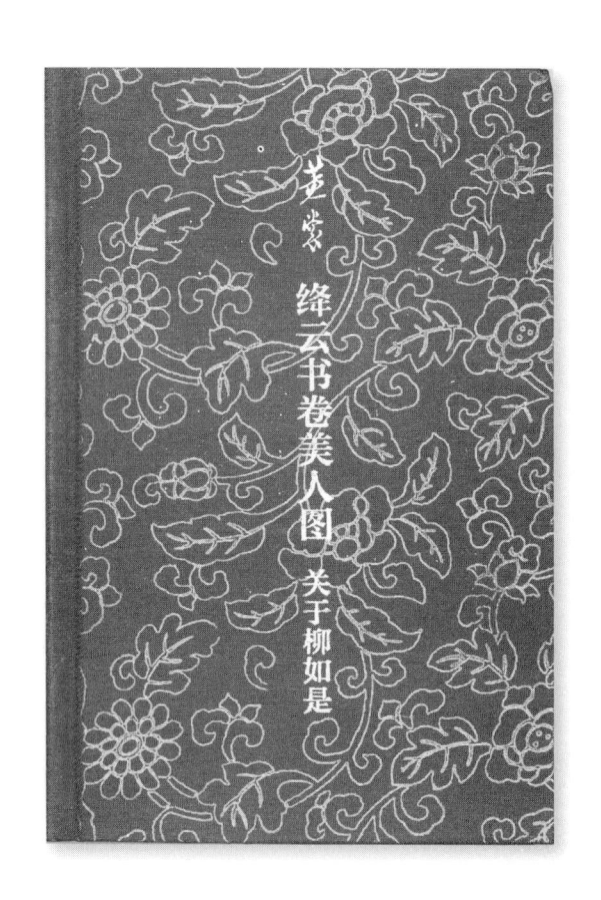

中华书局 2013 年 9 月初版
默当编
字数：100 千字；印数：5000 册

绛云书卷美人图
——关于柳如是

目次：

绛云书卷美人图 / 柳如是 / 关于柳如是 / 钱柳的遗迹 / 河东君小像 / 河东君 / 柳如是的几本书 / 常熟之秋——关于柳如是 / 柳如是 / 关于《湖上草》/ 河东君尺牍抄 / 旧辑柳如是《湖上草》及《尺牍》跋 / 西泠访书记 /《竹笑轩吟草》/ 跋《竹笑轩吟草》/ 旅京随笔（摘录）/ 鬼恋 / 陆放翁与柳如是 / 附：海滨消夏记（摘录）/ 钱牧斋 / 余淡心与金陵（摘录）/《钱牧斋先生尺牍》/《秋柳》/ 吴昌时与钱谦益 / 春夜随笔（摘录）/《银藤花馆词》/《琢春词》（摘录）/ 附录：马湘兰 / 代后记 / 出版因缘小记（吕浩）

编选作者所写关于柳如是、钱谦益的文章。

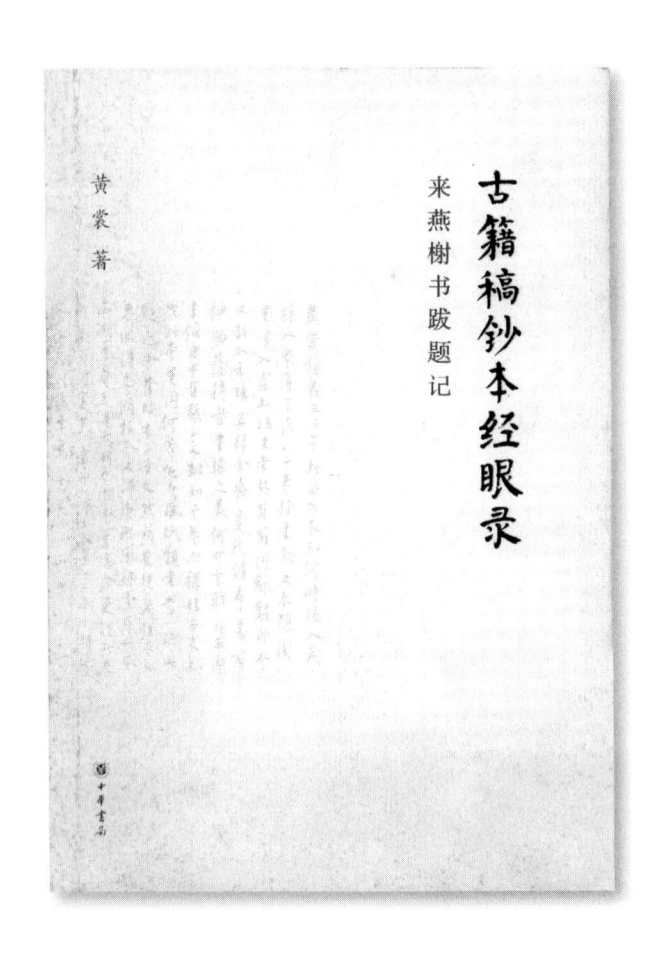

中华书局 2013 年 12 月初版
字数：220 千字；印数：5000 字
封面设计：一步设计

古籍稿钞本经眼录：
来燕榭书跋题记

目次：

书集传纂疏 / 史记摘丽 / 南史 / 通典 / 续皇王大纪 / 经济类编 / 琴史 / 洞山九潭志 / 江夏黄氏家谱 / 北户录 / 剧谈录 / 五国故事、三楚新录 / 江南别录 / 江表志 / 钓矶立谈 / 南部新书 / 文正王公遗事 / 能改斋漫录 / 梦粱录 / 武林旧事 / 自警编 / 吹剑录 / 宋唐义士传辨义录附唐氏原谱 / 姜氏秘史 / 天顺日录辨诬 / 社事始末 / 复社纪略 / 甲申三月纪事 / 哂园杂录 / 幸存录 / 所知录 / 民钞董宦纪略 / 懿蓄 / 史祸纪事本末 / 三冈识略 / 三冈识略又 / 谈往 / 七颂堂识小录 / 馀冬琐录 / 甫里高阳家乘 / 类说 / 研堂见闻杂记 / 郑桐庵笔记 / 太平御览 / 汲古阁书目两种 / 汲古阁珍藏秘本书目 / 裘杼楼书目 / 绛云楼书目 / 振绮堂书目 / 佳趣堂书目 / 清仪阁藏书总目 / 读有用书斋藏书提要 / 知圣道斋读书跋尾 / 海日楼书目 / 松江韩氏书目提要 / 葛氏书目 / 九峰旧庐藏书目 / 江村消夏录 / 金刚般若波罗蜜经论 / 弘明集 / 道藏六种 / 养真机要 / 离骚草木疏 / 嵇康集 / 杜工部集 / 樊川集注 / 韩笔酌蠡 / 钓矶文集 / 文泉子集 / 演山先生文集 / 柳塘外集 / 缙云先生文集 / 忠愍公诗集 / 兰雪集／瓜庐诗／二妙集／九灵山房集／竹斋诗集／元人才调集／盛明五家诗／赤雅／塔影园集／失题／柳潭遗集未刻逸文／河东君尺牍钞／湖上草、尺牍／读书堂诗集／白下集／栴檀阁风人稿／琴楼合稿偶钞／春堂行笈编庚寅／薛生白所著书／衍斋存稿／东山词／沽上醉里谣／情田词／续词苑丛谈／赚文娟、红拂传／菊部群芳／澹生堂的藏书／山阴祁氏世守遗书／祁宗规奏疏／易测／老子全钞／里居越言／禅悦内外合集／两浙古今著作考／祁承㸁会试朱卷／祁承㸁家书／远山堂曲品剧品／远山堂明剧品残叶／澹生堂全集／澹生堂外集／澹生堂诗文钞／守城全书／祁彪佳乡试朱卷／祁忠敏公手订疏稿／还朝疏稿／远山堂文稚／起元社本远山堂文稚／唐宋八大家文钞／餐玉堂诗稿／阆桴／张岱《琅嬛文集》跋／关于《琅嬛文集》／史阙／张岱的《史阙》／毛诗指说／跋李一氓藏《宋元词三十一家》／滇南书录（初知稿六卷残存卷四之六／胜国遗臣臧否传二卷／何蔚文年谱诗话／孙髯翁先生诗集／苍雪和尚南来堂诗集存卷三／碧玉泉志稿／著雍六论）

本书前有《出版前言》，其中谈到："稿钞本因其文本上的唯一性，文献及史料价值极高。来燕榭所藏稿钞本绝大多数外人无以得见，因此黄裳所撰稿钞本题记成为藏书界和学界了解其基本情况的主要来源。但这些稿钞本题记和专文分散在黄氏各种著作中，检阅不便。因此，今将黄裳所撰稿钞本的题跋和专文辑录编为一书，如此既可一窥来燕榭所藏稿钞本之全貌，也有利于读者作进一步之研讨。"

齐鲁书社 2014 年 9 月初版
凌济编

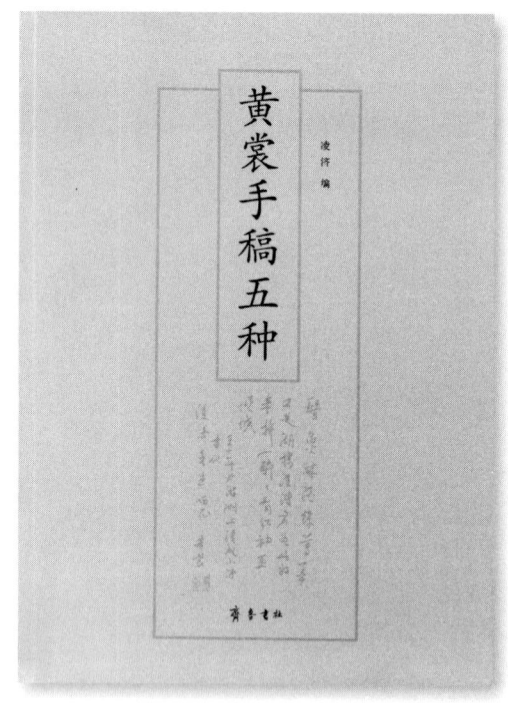

黄裳手稿五种

目次：

落叶时节忆黄裳［代序］（周晶）/写在前面/对父亲说（容洁）/外公（刘丰德）/编者的话/为一代名士喝彩（凌济）

黄裳手稿：第一种 夜读书记/第二种 滇游日记——从昆明到大理/第三种 暑热草/第四种 "光棍"的诗集/第五种 来燕榭书跋一束

黄裳信札、题笺：致冯亦代、黄宗英/致江澄波/致吕浩（文泉清）/致吴小铁/致周晶/致周雷/致荆时光/致赵晓林/致凌济/致黄俊东

黄裳著作书目编年/后记：黄裳先生走了（凌济）

　　扉页有编者献词：谨以此书献给黄裳先生诞辰九十五周岁

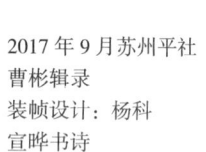

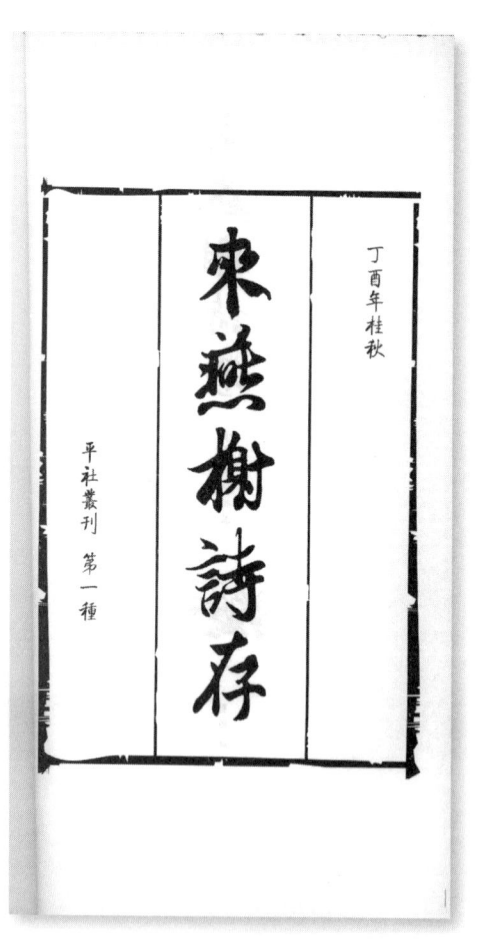

2017 年 9 月苏州平社
曹彬辑录
装帧设计：杨科
宣晔书诗

来燕榭诗存

目次：
序 /1942/1943/1944/1945/1946/1947/1950/1951/1962/ 附录一 / 附录二 / 附录三 / 后记

　　自黄裳作品中辑录诗作 41 首，又将相关背景原文缀于各诗之后，作为记事和按语。

2018年7月浙江人民美术出版社
字数：130千字
封面题字：黄永玉；封面设计：崔文川

黄裳致李辉信札

目次：
黄裳浅识（黄永玉）/黄裳印象：看那风流款款而行（李辉）
信札手记
黄裳题跋：一、《莫洛博士岛》题跋/二、《一脚踏进朝鲜的泥淖里》题跋/三、《西厢记与白蛇传》题跋/四、《远山堂明曲品剧品校录》题跋/五、《玉簪记》题跋/六、《花步集》题跋/七、《劫余古艳》题跋/八、《黄裳自述》题跋/九、《来燕榭书札》题跋/十、《前尘梦影新录》题跋/十一、《来燕榭集外文钞》题跋
附录：黄裳《谈"山人气"》原稿

本书为致李辉书信手迹版，后又出版释文版。

创作

2019 年 6 月浙江人民美术出版社
李辉编著，钟妙明·刘海钧释文
字数：95 千字
整体设计：傅笛扬

附：

黄裳致李辉信札释文本

目次：
黄裳浅识（黄永玉）/信札释文/李辉藏黄裳手稿释文/《我们眼中的黄裳》演讲实录（李辉、韦力、绿茶等）

　　扉页后有献词：谨以此书纪念黄裳先生诞辰一百周年。

四川文艺出版社 2019 年 1 月初版
字数：130 千字
装帧设计：孙豫苏

记巴金

目次：

记巴金 / 思索 / 关于巴金的事情 / 请巴金写字 / 琐记——和巴金在一起的日子 / 伤逝——忆巴金老人 / 李林先生纪念 / 巴金和李林和书

关于《随想录》的随想 / 萧珊的书 / 草根宗庙 / 海内存知己 / "干扰"

《〈锦帆集〉后记》附记 /《晚春的旅行》序 /《西行书简》/ 一封信 / 忆黄河清 / 曾祺在上海的时候

附：黄裳书信中的巴金（周立民）/ 编后记（周立民）

  周立民、陈武策划回望巴金丛书之一种，编选作者所写巴金及其相关文字。

山东人民出版社 2020 年 1 月起出版
封面设计：武斌；封面题签：集赵孟頫《六体千字文》

黄裳集

目前已出卷次有：
创作卷Ⅰ：锦帆集、锦帆集外、关于美国兵
　　　2020年9月版；字数：280千字
古籍研究卷Ⅱ：前尘梦影录
　　　2020年1月版；字数：200千字
古籍研究卷Ⅲ：清代版刻一隅（汇编本）
　　　2020年1月版；字数：360千字
译文卷Ⅰ：莫洛博士岛、数学与你
　　　2020年6月版；字数：164千字

　　本书是黄裳一生创作、翻译等总体成果的汇编。本书以李济生、杨苡、黄永玉等六人为学术顾问；陈子善、陈麦青、陆灏等十人组成编辑小组。创作卷Ⅰ前有山东人民出版社2019年6月所写的出版说明，其中说："2019年是黄裳百岁诞辰，本社将陆续出版多卷本《黄裳集》，以展示黄裳毕生辛勤笔耕的多方面的实绩《黄裳集》分创作卷、古籍研究卷、译文卷和书信卷四大部分。""作者生前已出版各书，大致按出版时间先后分门别类编入各卷。作者后期所出版各书，所收篇目有较多重复者，将酌情调整。""各书一般以初版本或影印手稿本为底本编入；如有作者本人的校订本，则以校订本为底本编入"。该书创作、古籍研究、译文部分已编就26卷30册，另有集外文和书信部分在编。

译 作

[英]威尔斯（H.G.Wells）著
李林、黄裳译
文化生活出版社 1948 年 8 月初版

莫洛博士岛

目次：
第一章至第九章（李林译）/ 第九章至第二十二章（黄裳译）/ 故艾尔费先老人（李林译）/ 后记（黄裳）

  巴金主编译文丛书之一种。本书为巴金三哥李尧林（李林）未完译作之一，曾在《科学趣味》杂志连载，连载至第八章杂志停刊，译者便中断翻译。黄裳于1947年4月续译此书，历时一年，1947年4月初译毕并校改完成。全书共二十二章，有黄裳后记。

  作者在《拾落红集》后记中说："《莫洛博士岛》是我续成先师李林先生未完成的遗译，是巴金给我的任务。收入文化生活出版社的'译文丛书'中，是我开始译书的试作。一九四二年我与李林先生重遇于海上，过从甚密，不想战后归来，只能接手完成他未竟的遗译了。"

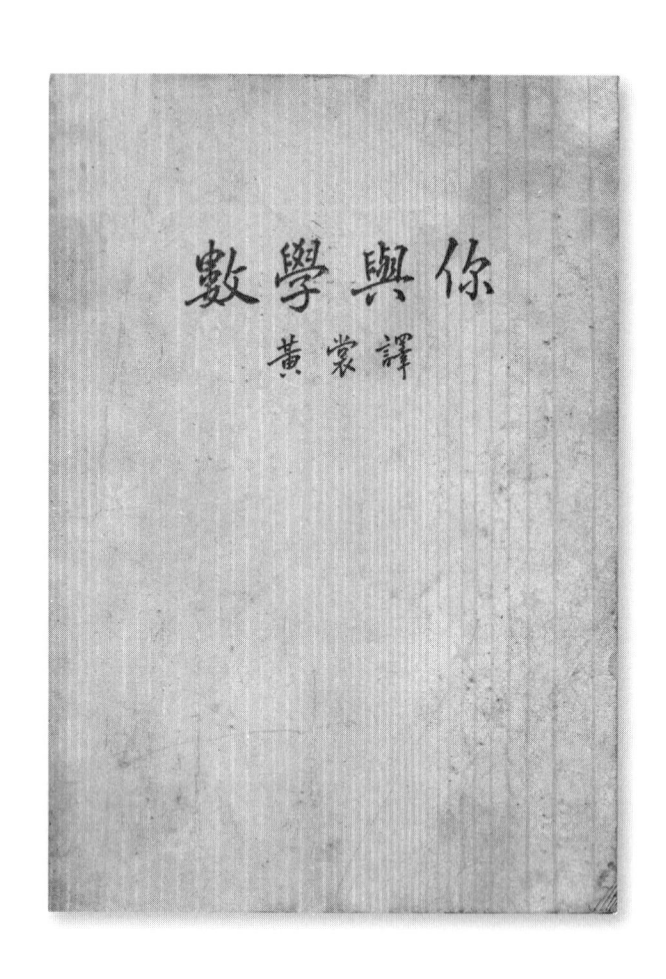

[美] H.Gray & L.R.Lieber 著
1948 年 9 月开明书店初版

数学与你

目次：
介绍密次先生——我们的英雄
第一部、旧的：一、五千万人可能犯的错误 / 二、不要碰着天花板 / 三、薄纱纸的判断 / 四、综合 / 五、我们的图腾柱 / 六、图腾柱（续）/ 七、抽象 / 八、"下你自己的定义" / 九、代数与几何的联姻 / 十、附产物 / 十一、第一部的摘要
第二部、新的：十二、一个新的教育 / 十三、常识 / 十四、自由与放纵 / 十五、傲慢与偏见 / 十六、二的两倍不是四！/ 十七、抽象——近代式的 / 十八、第四向度 / 十九、准备 / 二十、这些近代事物）/ 结论
后记

"开明青年丛书"之一，此为黄裳1946年苦住重庆时为打发时光而译的科普小册子。他称自己曾学过科学（上海交大电机系），这大概是他唯一的关涉"本行工作"的一本书。本书是一本向公众介绍数学知识的小书，同时也谈到一些思想方法和其他知识。黄裳认为它"文字浅显而美丽"（见本书后记）。作者是一对夫妇，书中插图即为作者之一的 H.Gray 所绘。

左图　［俄］冈察洛夫著
　　　文化生活出版社 1949 年 9 月初版

右图　后改名《平凡的故事》，平明出版社 1954 年 11 月初版
　　　新译文丛刊；字数：332 千字；印数：4000 册

（另有新文艺出版社 1956 年 9 月新一版
字数：332 千字；印数：3000 册）

一个平凡的故事

巴金主编译文丛书之一。平明版内容提要是这样写的:"本书是作者的第一部长篇小说。他通过一个地主的儿子到彼得堡以后的经历,他的几次爱的失败,他怎样在沙皇专制统治下的旧社会里逐渐磨光了一个青年的淳朴与热情,变成了一个地道的'绅士'的曲折过程,真实地刻画了时代的面貌,在他的天才的笔下,十九世纪的俄罗斯的典型,以无情的严厉与真实呈现在我们面前。原作发表在一八四七年的《同时代人》上,获得了普遍的重视。两年之后,才开始发表他的第二部著名小说《奥勃洛莫夫》。"

作者据 Garnett 英译本译出,平明版又据俄文本做了详细校对,增补了为英译者所略去的章节,并做了全面校正。

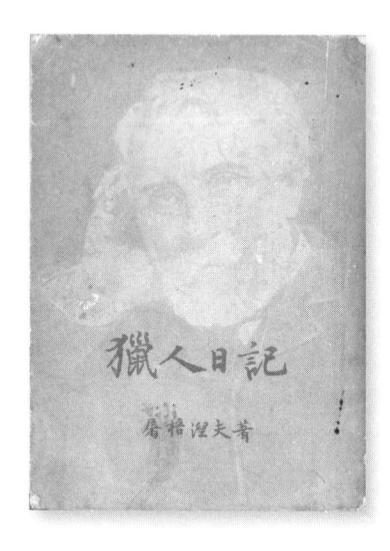

[俄]屠格涅夫著

左图　平明出版社 1954 年 4 月初版
　　　印数：13000

中图　上海译文出版社 1983 年 11 月新一版
　　　（据新文艺 1956 年 11 月版修订重印）
　　　字数：310 千字；印数：30100 册

右图　上海书店出版社 2012 年 8 月初版
　　　字数：310 千字
　　　封面设计：吴昉

猎人日记

目次：

一、赫尔和卡林尼基 / 二、叶莫来与磨坊主夫妇 / 三、草莓泉 / 四、地方医生 / 五、我的邻居雷第洛夫 / 六、小地主奥甫斯扬尼克夫 / 七、里郭甫 / 八、白静草原 / 九、美人米也恰河的卡西扬 / 十、账房 / 十一、办公房 / 十二、狼 / 十三、两位乡下绅士 / 十四、列别甸（来比强）/ 十五、塔第雅娜·鲍丽索芙娜和她的侄儿 / 十六、死 / 十七、歌手 / 十八、庞奥托·配绰维奇·卡拉塔耶夫 / 十九、幽会 / 二十、斯齐格利县的哈姆雷特 / 二一、契尔特普——汗诺夫和尼多普士金 / 二二、契尔特普——汗诺夫的结局 / 二三、活尸 / 二四、车轮的响声 / 树林和原野（代跋）

本书为平明出版社新译文丛刊之一种，系作者根据 Constance varnett 英文版转译，又据1949年的俄文本附23幅插图。平明版的内容介绍说："屠格涅夫用一个猎人的行猎做线索，写出了二十四篇故事。这些故事自成起讫，不相连属，可是全都带有俄罗斯农村的强烈的地方色彩，生动地描写出变幻的大自然的景色、天空、树林、草原。透过这些故事，我们也接触到了旧俄社会的现实——农奴制度下的农村、地主和农奴。"上海书店出版社2012年版收入名家名作名译系列丛书出版，前有丛书出版说明，增黄裳《为友人题初版〈猎人日记〉》为代序。其中说，在已有耿济之、丰子恺旧译的情况下，"平明出版社邀余重译此书，所据为加奈特夫人英译本也。……时颇从事译事，有旧俄长篇小说两种及此书，而以此本为最惬意。友人见者亦多喜之"。

上左/右图　［俄］萨尔蒂科夫－谢德林著
　　　　　平明出版社 1954 年 12 月初版
　　　　　印数：7000 册

（新文艺出版社 1956 年 10 月新一版《哥略夫里奥夫家族》
印数：4000 册）

上中　上海译文出版社 1981 年 9 月据原新文艺版修订重印
　　　新一版《哥略夫里奥夫家族》，印数 57000 册

上右　上海译文出版社 2015 年 2 月收入《谢德林作品集》下卷
　　　印数：5000 册

哥略夫里奥夫家族

目次：
第一部、家族会议 / 第二部、好亲戚 / 第三部、家族的清算 / 第四部、小侄女 / 第五部、荒唐的家庭乐趣 / 第六部、寂寞的邸宅 / 第七部、结局

  俄国作家谢德林的长篇小说，该书内容提要中说："本书描写一个在农奴制度废除前后的俄国地主家庭的腐败和衰落。可怕的贪欲使这个家庭里每一个人都丧失了人性……"译者在译后记中说："他写出了农奴制的制约下，'贵族之家'里不可能产生任何真正的人，这些道德败坏的地主家庭的成员只能相继死亡，随以具来的则是这一制度的彻底崩溃。他用艺术家的画笔达到了这个结论，一个严酷但有极大说服力的结论。"
  本书是根据英译者 A.Yarmolinsky 1917 年出版的英译本 *A Family of Noblemen* 译出的，上海译文版增《译后记》一篇。

编著、整理

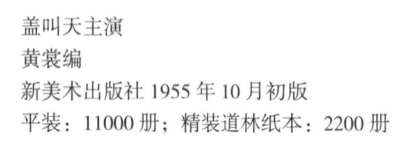

盖叫天主演
黄裳编
新美术出版社 1955 年 10 月初版
平装：11000 册；精装道林纸本：2200 册

武松

目次：前记 / 一、打店 / 二、快活林 / 三、鸳鸯楼

  黄裳编辑的戏曲画册，编者自述二十世纪五十年初，曾编《盖叫天的舞台艺术》纪录片，片前有"舞谱"，请盖叫天就其基本身段谱分析综合进行总结，以示后学规范。制成初谱后，"惜格于样式，未得批准。为弥补此憾，乃商之新美术出版社，以戏曲画册形式，加以介绍。"（《题跋一束》，《掌上的烟云》第211页）1955年春，盖叫天在上海演出，根据舞台演出拍照，选定后，汇成此册。《武松》是盖叫天的名作，盖也因为出神入化地表现了武松的舞台形象，而被称为"活武松"。

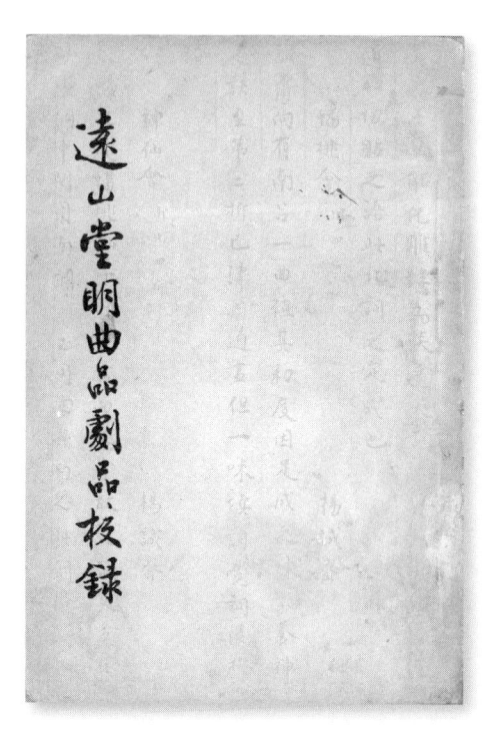

［明］祁彪佳著，黄裳校注
上海出版公司 1955 年 4 月初版
字数;222 千字；印数：1000 册
印数：5000 册

远山堂明曲品剧品校录

目次：
校录凡例
明曲品：曲品叙／曲品凡例／曲品校录（逸品／艳品／能品／具品／杂调）
明剧品：剧品校录（妙品／雅品／逸品／艳品／能品／具品）
附录：一、明曲品补目／二、明剧品补目／三、曲品逸文／四、祁公世培传（沈梅史撰）／五、大室山房四剧及诗稿序（祁彪佳撰）／六、全节记序（祁彪佳撰）／七、杂录
后记

  1953年冬天，黄裳在上海祁氏澹生堂遗书中得到《曲品》《剧品》，很多重要藏品为他人所得，"余所得小品以彪佳稿本《曲品》《剧品》为尤精，书于明人戏曲作品，著录繁富，远逾通常曲录，信是人间未见之书，亦戏剧研究者渴欲得之资粮也。乃加校录，并述祁氏藏书故事，撰为跋尾，付之重刊。……又年，更增辑山阴祁氏遗事，再版印行，迄今二十五年，传本亦已稀见"。（《题跋一束》，《掌上的烟云》第210页）该书有内容介绍，其中说："本书是我国古典剧、曲的最重要的文献之一，但写成以后三百多年来，从未刊印过，且亦不为人所知……由于这部剧、曲品稿本的发现，大大丰富了明代剧、曲文学史的内容。"

  本书另有古典文学出版社1957年10月新一版《远山堂明曲品剧品校录》，内容与装帧同上海出版公司本；中国戏曲研究院编《中国古典戏曲论著集成》第六册收录本书白文本（中国戏剧出版社1959年12月第1版），《曲品》《剧品》前均有提要。

盖叫天主演，黄裳编文
新美术出版社 1955 年 12 月初版
精装道林纸本：1–1300 册

一箭仇

　　同《武松》一样，本书也是1955年盖叫天在上海演出时拍摄图片、配文而成。《一箭仇》系水浒故事，说的是曾头市的事情。黄裳曾说："《一箭仇》为盖老名作，经数十年之琢磨、丰，于一情节简单之武剧中，探索出塑造骄矜武勇人均性格之途径，所凭借者多半为舞蹈语言。身段之美，绝无俦侣。"（《题跋一束》，《掌上的烟云》第211页）他认为盖叫天此戏"成功地体现了'武戏文唱'的优美风格"。（本书前记）

编著、整理

[明]高濂著，黄裳校注
上海古典文学出版社 1956 年 10 月初版
字数：85 千字；印数：10000 册

玉簪记

目次：

第一出、家门正传 / 第二出、潘公遣试 / 第三出、兀朮南侵 / 第四出、陈母遇难 / 第五出、避难投庵 / 第六出、于胡借宿 / 第七出、陈母投亲 / 第八出、谈经听月 / 第九出、西湖会友 / 第十出、弈棋挑逗 / 第十一出、村郎闹会 / 第十二出、必正投姑 / 第十三出、村郎求配 / 第十四出、茶叙芳心 / 第十五出、于湖破贼 / 第十六出、弦里传情 / 第十七出、旅邸相思 / 第十八出、谋姑议亲 / 第十九出、词后私情 / 第二十出、谋姑造计 / 第二十一出、姑阻佳期 / 第二十二出、知情逼试 / 第二十三出、秋江哭别 / 第二十四出、春科会举 / 第二十五出、两母思儿 / 第二十六出、金门献策 / 第二十七出、香阁相思 / 第二十八出、登第发书 / 第二十九出、定针迎姑 / 第三十出、结告婚姻 / 第三十一出、接书会案 / 第三十二出、荣归见姑 / 第三十三出、灯月迎婚 / 第三十四出、合家重会 / 后记

  本书封面及插图均采自明继志斋刊本《玉簪记》（古本戏曲丛刊初集），黄裳后来回忆，此书和《彩楼记》，"二种皆据《古本戏曲丛刊》初集本校注，各撰一跋。先是得见川剧有此二种，极赏之。归而检明时旧本，知犹存原来规范，改动无多，遂有重刊之意"。（《题跋一束》，《掌上的烟云》第212页）本书的内容提要写道："这是一部以爱情为主题的古典戏曲。它的男女主角——潘必正和陈妙常在现代一些地方戏曲的演出节目中还经常出现。《玉簪记》把爱情写的很纯洁，从仿佛平淡的描写中透露出青春的热情，因此它的格调是特别高超的，一向深得人们喜爱。"

编著、整理

无名氏著,黄裳校注
上海古典文学出版社 1956 年 11 月初版
字数:53 千字;印数:10000 册

彩楼记

目次：
第一出、家门始末 / 第二出、访友赠衣 / 第三出、命女求婚 / 第四出、抛球择婿 / 第五出、潭府逐婿 / 第六出、投店成亲 / 第七出、店中被盗 / 第八出、夫妻归窑 / 第九出、赏雪忆女 / 第十出、蒙正祭灶 / 第十一出、木兰逻斋 / 第十二出、辨踪泼粥 / 第十三出、春闱应试 / 第十四出、虎撞窑门 / 第十五出、神坛伏虎 / 第十六出、差书报捷 / 第十七出、宫花报喜 / 第十八出、荣归谢窑 / 第十九出、重游旧寺 / 第二十出、喜得功名 / 后记

编著、整理

后记

电脑桌对面的书桌和小沙发上堆满了黄裳先生的书，已经有一年了，我阵势十足，仿佛向每个走进书房的人宣告我正在编《黄裳书影录》。本来想很快就能编好这本书，这些书也可以早早收摊，岂不知，我想简单了，也许是资料搜集的工作比较顺利迷惑了我。黄裳先生的著译，自藏的之外，旧书网添买一批，图书馆借一些，也差不多了。有几种不好找，求助师友，很快都解决了。接下来，著录版本信息才麻烦呢，我的写作都是在业余时间进行的，总有杂七杂八的事情打岔，做一做停一停，一拖就过了冬天来到春天。目标和任务都一目了然，我总感觉"快了，快了"，其实越弄越慢，很多信息都要反复核对，以尽量减少出错。特别是黄先生后来出书，一篇文章在不同集子中多次互选的情况十分严重，这让我哪一本书都不敢轻易放过，哪怕同一书名篇目也可能大异……就这样，在2021年即将过去的时候，这件工作总算要告一段落，我长舒一口气：收摊喽。

编《黄裳书影录》完全是我自讨苦吃、主动揽来的差事。上海作协曾为纪念老作家的百岁寿诞而编过书，有一次开会，我发牢骚：黄裳先生生前没拿过什么项目、好像也没得过几个什么大奖，开过一个小型的研讨会也不是作协开的，然而，我知道他的写作却为这座城市赢得了极大的荣誉和无数的粉丝，我们为什么不可以为他做一点事情呢？主持这个老作家纪念项目的杨斌华老师欣然同意我的提议，于是，这个差事仿佛责无旁贷就落到我的头上。我"求仁得仁"也就义不容辞了。这个纪念项目，按照惯例都是编一本纪念集或评论集，我考虑到黄裳先生已有此类的书，再编也很难锦上添花，便提出另外一种思路：干脆出一本黄裳书影录吧。这自然是因为黄先生本身是爱书人、藏书人，而终于他的书也成为众多爱书人的收藏对象，很多"黄迷"还经常为某一版本津津乐道、品味再三，倘若有个书影汇编，可以随时把玩，也不失一件风雅事。从资料的角度而言，当代人搜集当代的资料相对比较容易，留下一份书目供后来人参考和研究，也有一定的意义。它也是一份纪念，整理书目的过程中，我时常与黄裳先生"相遇"，不少自藏书的扉页上都有黄先生的题签，翻到这一页，我总是认真地看一看时间，同时在回想去拜见黄先生请他题签的情形，不禁也感叹光阴似流水，不知不觉就带走了很多东西。——幸好还有回忆留下来。

"于是他每天上午九、十点钟起床，梳洗后直接去部里办公，到黄昏时返回会馆。吃过晚饭，八点钟开始抄碑，看佛经，读墓志，常常要弄到半夜一两点钟。买来的汉碑拓片大多残缺模糊，抄起来极费心思，有时候抄清一张要好多天。既能远祸，又能消磨长夜，鲁迅渐渐还生出校勘的兴趣来。一夜连一夜的孤灯枯坐，时间飞快地流逝，一转眼，竟抄了五六年。"（王晓明：《无法直面的人生：鲁迅传》[修订本]第44页，生活·读书·新知三联书店2021年1月版）我不敢自比前贤，白天上班晚上继续忙的生活节奏倒是与鲁迅的合拍。孤灯枯坐忙到一两点，抄校写目录时，我也获得了与鲁迅一样的心境。有时候想与其写一些吞吞吐吐的文章或出几本被遮遮掩掩过了的书，我还不如一笔一画抄写目录打发时光更实在。这个工作在很多外人看来，仿佛枯燥无味，我却感觉并不尽然。黄裳先生当年抄写《前尘梦影录》里的书目时的隐秘的快乐和避开白日喧嚣的难得宁静，有人能体会得到吗？北京三联书店初版《珠还记幸》中有一篇《必胜》，从内容上看像是掺进来的，而在此书修订本的前记中，黄裳先生提醒我们："旧本《珠还记幸》有一篇杂文《必胜》（今本已删），是为获得五连冠的女排姑娘们喝彩的。文章平平常常，与全书主体也没有关涉。可是想想，文章写于一九八三年七月，那正是三中全会开过，拨乱反正之后，全国人民意气风发，在改革开放的道路上大踏步前进之时，那么杂文所传达的信息就不仅是对女排的喝彩，也是为胜利喝彩，为人民鼓劲。也许这里说得过于夸大了，但全书有此一篇，时代气息就显然可见了。这就是'杂编法'的好处。"（《二十年后再说"珠还"》，《珠还记幸［修订本］》第7-8页）那种经过冰天雪地迎来春暖花开的心境，在太平岁月的人们真是不可想象。一个个冷冰冰的文章题目背后藏着厚厚的岁月、火热的时代、起伏的生活和个人的悲欢。每一帧书影都有着鲜明的时代特征，浏览它们，仿佛翻过漫长又转瞬即逝的岁月，从中我也在回望自己的长成史、阅读史……总有些记忆让人不能忘记，让人回味不已。

我就是在这样的心境中完成这项工作的。感谢黄永玉先生惠允他为黄裳所刻的藏书票图案用作本书封面图，感谢陈子善老师在百忙中赐序和指教，感谢上海文艺出版社徐如麒老师的不断催稿，感谢杨斌华老师的信任，陆灏、戴建华、凌济等诸位师友对本书编写所给予的帮助，也都让我铭记于心。小女新雨在暑假中也挥汗为我录入书目，这个与繁体字打交道的暑假，希望能留在她的记忆中。一个人能力毕竟有限，任何事情也不能指望毕其功于一役，因此，本书的错漏也在所难免，我也诚恳地希望高明之士发现后指出和补充，使之不断完善。

今年的冬天，到现在都不算太冷，有的花还在野地里花枝招展呢，也不时有春花早发，几乎让人产生错觉。可是，冬天毕竟是个枯寂岁月，萧瑟之感也显而易见，希望因为结束一件工作的轻松能够召唤真正的春风。那么，在这样的一个岁末，我如释重负地对这本书说：去吧。

周立民
2021年12月7日傍晚于沪上竹笑居
12月16日定稿

去年岁末，我完成书稿，又拾掇一下图片，交给美编小孙设计、排版。初春，印刷厂寄来了校样。既然是生机勃勃的季节，人的内心更是踌躇满志，有朋友问起，我很有把握地说：大概五月份就印出来了吧。谁也不曾料到，校样拿回家不过几天，一场疫情席卷上海。在日渐紧促地"下楼做核酸"的大喇叭的吆喝声中，我没有心情去处理校样。封控在家，本来比平常拥有更多空闲的时间才是，可是人的状态完全不对。早晨，睡眼惺忪中下楼做了核酸，回来吃点东西，便躺在南窗下的沙发上，浏览着手机上各种消息。从关心前一天的疫情数字开始，到朋友圈里的喜怒哀乐，流言八卦，再到十点钟的疫情新闻发布会……此时太阳已经高升，春阳比棉被煦暖，我不知不觉在各种专家、官员的平静语调里抱着手机睡着了。醒来已经是中午，全家人商量午饭吃不吃，少运动，饥饿感不强，然而，不吃，仿佛又缺乏一点仪式感，尤其对不住抢菜的伟大成果。下午，我偶尔会下楼去取抢购来的各种物资或居委会发放的物资，或拿一本书浑浑噩噩地看着，继续看手机，处理单位里的事情。一天就这么过去了，什么也没有做，还是觉得翻越了千山万水似的身心都很疲劳。这就是我四五月间的生活，很显然，本书的校样堆在书房的一角，我一页也不曾翻起。

终于熬到解放，我也不曾手舞足蹈，还有常态化核酸、"大筛"什么恭候着呢。这个时候，外面的事情也多起来了，校样继续在沉睡。直到七月，酷暑来了，甚至还玩起四十度的"惊险动作"，我在空调下抹着汗开始校对书稿，每天有气无力地似乎只靠绿豆汤和冷饮续命。封存的书又被找了出来，找一次书，身上湿透，"汗滴禾下土"。校对的过程中，常常走神儿，兀自又读起黄裳先生的文章。看到他写《前尘梦影新录》第一卷也是在夏天："癸丑立夏前三日初纂，甲寅夏至后五日重写定。"（《黄裳集·前尘梦影新录》第15页，山东人民出版社2020年1月版，以下出自此书的引文只注页码）巧得很，我正是"癸丑"夏天生人，差不多五十年前，我难以想象黄裳先生是以怎样的心情在追忆失去的那些书。

他的记忆力可真好啊，凭借着几本参考书，有些书讲得清清楚楚——转念一想，也是，那都是心爱之物，即便失去也在心间。在客观的版本信息中间，不时有黄先生的记忆和心情旁逸，酷暑中读来，我还是不免心动。如他记书估凌晨叩门，他从床上爬起来观书的情形："吴下估人吴瀚一日凌晨自吴门来，叩门见示。余时尚卧，急肃入观书，为之眼明。时方有著书一种新刊，板税初来，倾囊付之。"（第35页）老鼠掉进米缸中，一月收进几十本善本，心力交瘁，却又不禁自我赞叹："一月之中得善本至四五十种，心力交瘁。举债收书，真少年得意之事。"（第49页）我想不仅是"举债"之豪，还因为当年豪举，在"梦忆"时则完全不可能再有。寥寥数语，五味杂陈。犹如，本来喝个可乐吃杯咖啡再正常不过了，而封控期间，大家却喜不自胜地晒到朋友圈里，这种得意背后是一种难言的滋味啊。还有在苏州酒后灯昏时逛书店的几行字，亦有"陶庵梦忆"的况味："一日游姑苏，酒后至护龙街，时已昏黑，诸肆皆闭歇，只吴瀚尚未寝，即于架上抽得此本，大是快意。"（第215页）

  黄裳先生这本《前尘梦影新录》，有排印本，也有手稿线装本，后者出版时，我还是住在复旦大学附近，当时周边书店不少，我也不乏一家家逛下去的豪兴。尝于肺科医院斜对面的大学城书店见到过手稿线装本，好像还打半价。我翻了半天，黄先生娟秀的小字颇为吸引我，但是想到不作古籍版本研究，似乎也没有研究黄先生手迹的打算，就放下了。过了很久，心里一直惦记着，甚至对自己说，家中"无用"的书也堆了许多，再多一部又何妨？不禁又动了心思。后来有一次去福州路逛古籍书店，已经累得气喘吁吁，却见此书陈列在柜台上，我抱起来要结账，又放下了，想上一次半价都没有买，加上那一天的确很累，不想手里再多一部大书，而且我认定这种书不会是抢手货，就再一次放下了。没有想到，这一次错过，真的就错开了。某月某日，我杀回古籍书店以必得之心欲携归时，它早已无影无踪，我只有怅然良久。其时，网上书店大兴，我搜了一下竟不见此书。后来，逛书店越来越少，网上买书时还会留心它。见有卖了，不过价格已经涨到两三千块了。我只好再搁一搁。去年编书影录遍寻版本，想到此书，正想贵一点也买了，恰好见戴建华先生晒此书影，遂请求他代为拍摄，本书所刊影像即为他支援的。这时，手边早多了中华书局的手稿加排印本，想看手迹的愿望可以满足了，我也该放下它了。然而，此次看校样时，不知怎么又起兴在旧书网上查，竟然有一部全新的"在售"才七百块，大约是疫情让书价产生了波动？我毫不犹豫，立即下单，三两天后，书已在手上了。十多年过去了，当初放过的书还是到了我手边，书还是那书，我已非旧我，种种书缘也一言难尽。

躺着读书，线装本最舒服。我依旧躺在南窗下的沙发上，在据说是一百五十年来超过四十度温度最多天数的这个夏季，翻读《前尘梦影新录》。环境让人躺平，炎热使人力不从心。差不多半个世纪前，黄裳曾这样写道："近以病闲，追忆亡书，写为此录，旧目不存，但凭记忆，兴至即书，不复诠次，多记故事，亦及估人。留待他年，亦海上书林掌固矣。又偶得片纸，记群书行格、序跋、印记，亦为写入，不嫌猥缕。惟求书虽勤，读书日少，过眼烟云，多未终卷，遂不能校雠异同，论其得失，随笔书之，殆亦赏鉴之支流，不足以言著述。徒以寒士青毡，聚之匪易，青镫夜永，时复上心，聊书所忆，驱我寂寥。一卷既终，漫书末简。甲寅夏至前一日镫前记。"（第171页）过眼烟云，不仅于书吧；闲中寂寥，正合回忆。那是一个盼着点什么，又茫然不知所向的岁月吧。幸好有书，还有剥夺不去的记忆。我也是幸好有书，支持着走过这样的苦夏。读《前尘梦影新录》，我尤感黄先生是藏书家、爱书家，也是一个读书家，虽然他自谦"读书日少……多未终卷"，但是这些札记中不难看出他对某些书的细部或关节的注意，非当年细读不能如此。如谈《邗江三百吟》，他特别提到："此竹枝词之俦，纪扬州一地风土人情……于时扬州繁盛甲天下，所记时尚，乃绝妙民俗资料。忆有咏一丈青者，即《红楼梦》中晴雯所用之物，以为绝好资料也。"（第121页）他对很多问题是有眼光和超前意识的，比如搜书不必残卷，可知这不是一个为藏书或贩书而聚书的人。他甚至说有时是为了"书影"："余买书不弃丛残，往往一书缺一二册亦收之，意在书影也。庚辛之际，旧书如潮而至，佳本为书估所得，残本弃于还魂纸厂，无力多收，亦无地贮藏。无已，姑取一二叶留其面目而已。"（第14页）看来，他后来能写《清代版刻一隅》这样的书也并非偶然。谈及"书影"，也让我颇为振奋，这也许能证明做一本《黄裳书影录》也不单单是玩一玩的事情。

就这样，校稿累了，翻翻书，改好了稿子又请美编重做了版式、改了错字，不知不觉就要走出这个难熬的夏天了。在要窒息的闷热中，盼望风，盼望雨，看到黄裳先生提到"秋雨"二字没有萧萧之感："癸巳秋日，居湖楼二月，得书不少于松泉阁，无惊人之册，秋雨索居，阅此终卷，颇除岑寂。"（第253页）写此后记时，窗外雷声隆隆，下了一场痛快的雨，虽秋凉尚远，却消除了不少暑气，真是难得。

2022年8月23日（壬寅年处暑）傍晚于竹笑居又记

图书在版编目（CIP）数据

黄裳书影录/周立民编著. -- 上海:上海文艺出版社,2022
ISBN 978-7-5321-8220-6
Ⅰ.①黄… Ⅱ.①周… Ⅲ.①黄裳（1919-2012）—书影 Ⅳ.①G256.29
中国版本图书馆CIP数据核字(2021)第239670号

发 行 人：毕　胜
统　　筹：杨斌华
责任编辑：李晨绮
特约编辑：郭　浏　胡　笛　王　云
装帧设计：孙豫苏

书　　名：黄裳书影录
编　　著：周立民
出　　版：上海世纪出版集团　上海文艺出版社
地　　址：上海市闵行区号景路159弄A座2楼　201101
发　　行：上海文艺出版社发行中心
　　　　　上海市闵行区号景路159弄A座2楼206室　201101　www.ewen.co
印　　刷：上海昌鑫龙印务有限公司
开　　本：787×1092　1/16
印　　张：15.5
字　　数：266,000
印　　次：2023年1月第1版　2023年1月第1次印刷
Ｉ Ｓ Ｂ Ｎ：978-7-5321-8220-6/I·6493
定　　价：68.00元
告 读 者：如发现本书有质量问题请与印刷厂质量科联系　T:021-52830308